A morte não vem amanhã
Raphaela Miquelete

cacha
lote

A morte não vem amanhã

Raphaela Miquelete

*[...] Ficam sempre muitas mortes
para serem longamente
reencarnadas noutro morto.
Mas estamos todos vivos.
E mais que vivos, alegres.
Estamos todos como éramos
antes de ser, e ninguém
dirá que ficou faltando
algum dos teus.*

"A mesa", Carlos Drummond de Andrade

Herdara a casa. Herdara as paredes, as portas, o pequeno quintal, o jardinzinho, as janelas. Herdara os segredos, os silêncios, os gemidos encerrados, a tábua rangendo no corredor. Herdara as gavetas, os guarda-roupas, os pratos, as xícaras, inclusive as de asa quebrada. Herdara as memórias, histórias, fotos, cartas, documentos. Um infinito inventário de coisas sem valia, de pouca serventia, o rol das coisas que foram ficando. Herdara porque era a última remanescente – até devia haver alguns primos muito distantes perdidos pelo mundo, mas ninguém sabia e, sendo assim, não existiam. Herdara por usucapião. E depois dela, as baratas, as formigas, as traças e os cupins, o abandono herdaria, por fim.

OS PRIMEIROS

Quando ele a comprou, a casa era branca, com todas as guarnições azul-escuras e os caixilhos igualmente brancos. As portas só envernizadas, a da frente, a do quintal, as dos três quartos e a do único banheiro, no fundo, depois da cozinha. Comprou quando recebeu sua parte na herança, queria morar na cidade. Era um pouco afastada do centro, num bairro novo com o calçamento da rua de paralelepípedos bem assentado, terreno padrão, preço de ocasião. A esposa de cara não gostou. O jardim não era grande, pouco mais que um canteiro quadrado ao lado do passeio de entrada, que com quatro passos se atravessava, e havia os três degrauzinhos do alpendre formando uma meia-lua. O quintal de muro baixo era ridiculamente pequeno, assim pensava quem veio de uma fazenda. Longe de tudo. E depois, tinha a cor. Sonhava com uma casa cor-de-rosa, e não com aquele branco sem graça. "Rosa?! Só se resolver plantar". Foi o que ela ouviu e engoliu. "Se quiser, fica. Não gostando, pode voltar com o menino pra casa do teu pai ou da minha mãe, não importa. Está comprada e é aqui que vou morar". De jeito nenhum que voltaria para qualquer lugar, e a vergonha? Engoliu outra vez atravessado o novo tipo do marido. Sim, novo. Até o pai dele morrer era um borra-botas, levado na rédea curta do velho que conhecia bem o filho que tinha. Foi o sogro falecer, e cada qual receber sua parte do espólio, pra ele assumir quem era de fato: um homem fraco, viciado em jogo, preguiçoso e egoísta. Com um menino começando a andar e outro na barriga, ela logo o saberia, só restava resignar-se. Justo ela, que se casou para mandar e ter um casarão em terras vastas, estava presa naquela miudeza de vida, numa porcaria de casa na cidade.

    É preciso contar que foi antes disso que a mulher soltou uma tábua do corredor. Logo que o mais novo começou a engatinhar, ela tanto fez que tirou os pregos de um lado da tábua e não os recolocou, o que acabou a empenando um pouco. Cismou que tinha bicho andando por ali. Foi uma briga, porque o marido insistia que, se houvesse, seria no forro, mas não tinha nada em lugar nenhum. A esposa nunca se convenceu de todo, não achava jeito de gostar da casa, cada hora se incomodava com alguma coisa, enfim. O fato é que, quando resolveram arrumar, a tal tábua ficou rangendo quando lhe pisavam em cima, de modo que a mãe sempre sabia quando um dos seus filhos estava à porta de seu quarto. Essa foi a primeira cicatriz da casa.

    (Soubesse ela que por ali já vicejava uma prolífera colônia de cupins, umas formigas infiltradas, fora as traças furtivas e baratas oportunistas… Ah, mulher fraca e burra, sem opinião, sem graça, sem voz, sem nada!)

    Falar que um dia se acostumou não é a exata verdade. Ela engoliu e se virou como deu. Foi amargando, e de alguma alegria só tinha notícia longe. O marido não se preocupava com nada, comia quando queria comer, dormia o quanto tinha de sono e trepava na hora que tinha vontade. Chegava da rua, não importava se de madrugada ou no meio da manhã, e tinha fome, queria arroz novinho, feijão gordo, ovo, carne, abóbora, o que fosse, naquela hora. Na primeira vez que a mulher se recusou a fazer, ele ficou furioso e quebrou uma cadeira de madeira na parede. Ela se tremeu toda e aquela foi também a última vez. Ele comia e ia dormir, aí queria silêncio. Se fosse madrugada era fácil, mas durante o dia… Era um tal de mandar menino fazer coisa na rua, ameaçar uma surra, fechar no quarto, deixar pular o muro do fundo, ainda sem vizinho, para caçar passarinho, desligar a campainha, fechar a casa toda, que sufoco! Uma tarde, logo depois do almoço, não era dia de escola e os meninos jogavam bolinha de gude no quintal, estavam até bem-comportados, falando baixinho, sem brigar. Era um dia santo qualquer e por isso não estavam na rua, nenhum menino estava. Mas o diabo do galo deu de cantar, não uma ou duas vezes, várias. O pai acordou, levantou-se transtornado e sem nenhuma palavra foi ao quintal e pegou o galo pelo pescoço. Os meninos se assustaram com aquela presença abrupta e mais ainda quando ele sacudiu o bicho e o bateu repetidas vezes contra o muro, como se fosse uma trouxa de roupa, até o pobre se desmilinguir. Depois deixou-o ali jogado e voltou a dormir como se nada tivesse acontecido. O mais novo, na época, ameaçou chorar, mas o olhar do mais velho o inibiu. O terceiro e último filho era de colo, talvez. A mãe tentou ajeitar as coisas, deu um pedaço de doce de leite com marolo pra cada um dos dois, mas engolir o pavor deixou o pequeno gago e o mais velho revoltado, achava o galo bonito e ele não tinha feito nada demais, só foi galo na hora errada.

Aquele amontoado de penas e sangue junto ao muro os impressionou bastante. Como podia um galo tão imponente acabar daquele jeito? A feiura a que fora reduzido, mais até do que a exposição à violência brutal e gratuita do pai, os assombraria por muito tempo. Refugiaram-se nos degraus da escadinha da entrada, a porta fechada, o doce com um gosto metálico esquisito e a esperança de que algum amigo aparecesse na rua ou o pai sumisse de vez. Não sabiam que podiam desejar a morte de alguém. A mãe recolheu o resto de galo do quintal, amarrou num saco de lixo e escondeu para jogar bem longe de casa no dia seguinte.

Esse rompante enraizou o medo em todos: algum dia seriam os próximos. Assim, quando o pai estava em casa, davam um jeito de não ficar à vista. Mas isso acontecia muito pouco. A mãe se virava bordando pra fora, única coisa que sabia fazer, pois com o marido não podia contar nem para a comida. Às vezes ele lhe dava um bom dinheiro, às vezes lhe tirava, tudo dependia da mesa de jogo do dia. "Pelo menos não bebe", ela repetia para se conformar, mas nunca que isso aconteceu de verdade. Embora tivesse as coxas firmes e pouquíssimas rugas, era uma velha. Envelheceu de uma vez, acordou velha depois da primeira noite em que dormiu sozinha na cama de casal. Os meninos conservavam uma alegria explosiva, até o dia do galo. Aí embotaram, e muito de vez em pouco expandiam. Isso só mudou quando o pai sumiu.

Foi assim: "a maré tá boa", ele repetia com alguma frequência naqueles dias, enquanto esfregava as mãos depois de bater uma palma. Nem precisava falar, bastava o jeito como andava assobiando pela casa e o quanto se fechava com a mulher no quarto, sem se importar se chorava o pequeno ou se os maiores tinham fome, se havia encomenda atrasada ou ia pelo meio a tarde. Fazia um amor descuidado, barulhento, e quanto mais a mulher lhe pedia discrição, menos ele a atendia. Logo ela saía do quarto, envergonhada, disfarçava e corria com todos os atrasos da vida, ocupava-se e aos demais, para lhes distrair dos pensamentos furtivos. Ele demorava para sair, demorava no banho, se espalhava pela casa, tudo ocupava como se fosse um rei. O mais velho alimentava a raiva, o do meio mais gaguejava, e o pequeno, que de nada entendia, ora chorava, ora ria.

Pois bem, ia a maré a favor, por um bom tempo, até começar a virar. O pai passou a perder um pouco e aos poucos, aí ganhava uma vez, e ficou nessa lereia até não ganhar nada por vários dias. Pôs-se ainda mais irascível, qualquer coisa mínima o encolerizava; os meninos só faltaram desaparecer, até para respirar tomavam cuidado, a mulher não dormia, abafava a própria cólera, atiçada pelo temor e a indignação com tudo. Foram dias obscuros. O caçula só sabia por ouvir contar, "era pequeno, talvez uns três ou quatro anos", ao que a mãe, quando viva, corrigia, "tinha seis, esqueceu por bênção, que ninguém devia lembrar seus dias ruins a vida toda". Numa noite saiu o pai decidido a encontrar a boa sorte e recuperar o perdido. Foi depois da janta, atrasada, porque antes ele resolveu se deitar com a mulher, queria aliviar a tensão que sentia endurecendo o pescoço. O que ele não sabia é que vinha sendo cevado para a cartada final, a maré de sorte era um arranjo de interesses duvidosos. Queriam-no falido de vez, fora das mesas todas, fora de tudo, não suportavam sua arrogância, a prepotência nata, ganhando ou perdendo era um tipo desagradável mesmo. O que eles não sabiam é que o homem, ao contrário dos demais, só fingia beber, nunca teve a lucidez comprometida, e se não via todas as manobras é porque o cegava a ganância, isso quando não se distraía. Ninguém sabe tudo na vida. Começaram a mesa com apostas baixas e foram subindo devagar; umas ele ganhava, outras, perdia, mas o saldo seguia positivo. Enche copo, esvazia, joga, ganha, desdenha dos demais. Debochado, bochechava a cachaça logo na primeira dose, o que lhe garantia o hálito, e fazia isso outras vezes ao longo do jogo. Como se desfazia dela sempre foi um mistério, será que não bebia mesmo? Jogava onde? Como escondia? Deixava escorrer feito baba? O fato é que embriagado nunca esteve, nunca fora visto, e se confundiam sua alteração com bebida é mais que notório que não o conheciam.

A mesa subiu e ele se empolgou, ganhou. Ganhou muito! Não pensou em parar, a sorte estava sentada em seu colo... até se levantar. Perdeu a primeira mão alta, foi arrogante com o vencedor, continuou. Já perdia tudo o que havia faturado na noite, mas não considerou parar. Perdeu o que ganhara na onda de sorte daqueles dias, as pupilas dilatadas, a aba do nariz tremendo com a fúria crescente, as mãos frias, ficou. Olhou em volta como se pudesse ver por onde andava a sorte. Por que se sentara em outro colo, não lhe seduzira o suficiente? Percebeu o burburinho desconfortável, queriam-no fora, não tinha mais cacife para estar ali. Fora da mesa, fora dos jogos, fora do lugar, da cidade, das vistas. "A sorte sorri para os corajosos", dizendo isso apostou o dobro ou a casa. Ofuscado pela ganância, considerou coragem o ato de imprudência. A mesa parou, quem bancaria? Dois saíram de imediato, talvez fosse o combinado. O que ficou mantinha o rosto indecifrável. "Como vou saber que é verdade? Quando você perder, não tenho garantia". "Se! Se eu perder". "Só com promissória assinada". Todos sabiam que isso ele não fazia, não até agora. "Preencha aí que assino, assim que o dobro chegar na mesa", bravateou, certo da impossibilidade do acontecimento. Aí ficou interessante: como se já esperasse por isso, o adversário foi rápido em colocar os maços lacrados na mesa e apresentar a promissória pré-preenchida; o homem cismou, mas assinou. As cartas foram distribuídas. Era uma mão razoável, não das melhores. Do outro lado o sujeito parecia relaxado, ou era uma mão boa ou tinha mais coisa ali. Apegou-se à segunda hipótese, mas o que podia ser? Vigiara as cartas, não piscou nem se distraiu, estava lúcido e atento, das artimanhas conhecidas o outro não fizera uso. Mas então, o quê? A promissória estava no jeito, mesmo sendo sabido que ele nunca assinava, o dinheiro todo ali, ainda que fosse uma quantia absurda e pouco comum nas jogatinas de sempre, o quê? O que estava deixando passar?

O dinheiro, só podia ser!

Com a mão livre – a outra segurava as cartas – acariciou o maço de cédulas novas sobre a mesa. "Ei, tira a mão que não é seu". "Tô pegando o gosto de ficar rico, tratando bem o que será meu", nem foi tão sarcástico como de hábito. "Seu? Tá bom…". Deu corda, o homem estava confiante, tinha certeza da vitória e ele também tinha, era um jogo perdido, ganhava tempo para não ter dúvida. Entrou na onda do outro, deixou-o muito à vontade para tripudiar, os companheiros animados, o clima descontraído, tudo bastante adverso, considerando quanto estava em jogo. Foi dando trela e discretamente mexendo nas notas. Se os demais não tivessem alterados, teriam percebido, mas a sutileza é imperceptível nos estados de embriaguez. A textura! Aquilo era papel comum e não papel-moeda! Ficou transtornado, bateu a mão na mesa derrubando as cartas, conferiu os maços: papel comum com umas poucas notas para disfarçar, dinheiro mesmo só o que estava solto, de antes. Enlouqueceu, partiu pra cima do adversário e só não o pegou pelo pescoço, como fizera com o galo, porque o agarraram antes e o homem conseguiu se levantar. Foi uma confusão. Como fora tão estúpido? As risadas fazendo troça ecoavam em seu desespero, debatia-se enquanto tentavam arrastá-lo para fora. Não, não haveria testemunha a seu favor, foi um complô coletivo, estava claríssimo. "Basta", a voz potente e decidida pegou-os desprevenidos, espantaram-se, soltaram-no. Ajeitou a roupa amassada e, com a mão trêmula, enfiou de qualquer jeito um punhado de notas verdadeiras no bolso. Ninguém reagiu porque ninguém esperava por aquilo. Tudo foi muito rápido. "Isso não fica assim". Com outro tanto de cédulas na mão fechada, deu um soco no queixo do oponente, que se desequilibrou, caiu e foi rapidamente acudido pelos demais. Ele, então, pegou mais dinheiro com a mão livre e saiu correndo do lugar com inesperada agilidade. Devem ter ameaçado ir atrás, "deixa esse merda, a mixaria que levou não faz falta, a ruína dele está assinada". E todos riram e beberam à ruína noite adentro.

O homem correu pela rua. Como ninguém o seguisse, diminuiu o passo. Estava ofegante, cansado, com a cabeça fervilhando. Não fosse tão afoito e cheio de si, teria entendido desde o princípio que ali só dava jogo de compadres. Entre eles alternavam ganhos e perdas das mesmas parcas quantias de sempre, quando queriam jogar pra valer iam para outra cidade ou fechavam a mesa com quem tinha cacife de verdade. Ali, jogo sério só com os de fora. Ele até que poderia ter sido aceito, mas era insuportável, cheio de melindres e nenhum tato, um estúpido arrogante que nunca trabalhou um dia pra valer na vida, e quando saiu da barra da calça do pai achou-se o dono do mundo, quando não passava de um projeto pífio de homem. Outros que também só conheciam a boa vida da casa paterna, e podia que nem tão boa fosse, tinham um carisma, uma vontade de agradar, um jeito de se fazer aceitos, típicos "não vale nada, mas é boa pessoa". Não ele, que nada valia e nem boa pessoa era.

Enfim, tudo danado, chegou em casa pisando em ovos, bem diferente de todas as vezes. Entrou com cuidado e evitando fazer barulho, mas não pôde escapar do rangido da tábua. A esposa estava acordada, embora se mantivesse quieta e de olhos fechados, mais alerta do que nunca, afinal, aquilo estava bastante estranho. O marido acendeu a luz, abriu a porta do guarda-roupa e desceu a valise do maleiro. O coração da mulher disparou. Quando percebeu que ele guardava umas calças e camisas dobradas de qualquer jeito, abriu os olhos e o encarou. Como se não estivesse fazendo nada demais, ele continuou, pegou meias, cuecas e até o pijama com as iniciais bordadas no bolso. Enfiou tudo na bolsa, sem cuidado nenhum, tirou muitas notas amassadas do bolso e jogou-as sobre a cama. A mulher levantou-se, o homem sentou-se e começou a contar o dinheiro enquanto o arrumava. Com este foi cuidadoso, passou a mão várias vezes para esticar bem as notas, "amassado assim parece dinheiro de bêbado". Contou e recontou umas três vezes, para no fim deixar duas notas sobre a cama, o restante do dinheiro enfiado na meia; na carteira só as notas menores, poucas. "Eu volto". "Não. Se sair não volta nem morto". Pensou em fazer escândalo, mostrar quem mandava, ameaçar, bater. Desistiu. Estava cansado e com pressa. Achou que ela faria uma cena, gritaria, choraria, imploraria para ele ficar. Não. Ela só o olhava com desprezo. Ele saiu do quarto e de novo a tábua rangeu sob seus pés e os dela, que vinha atrás. Seria agora, na porta da rua? Não. "A chave". Ele não entendeu. Ela explicou com a voz cheia de raiva e humilhação: "na hora que pisar a soleira, vou trancar a porta e aqui você não pisa mais. Deixa a chave". Atônito, o homem buscou no bolso o chaveiro de couro e o entregou. Foi a última vez que se tocaram, de leve, só as pontas dos dedos na palma da mão. O pai foi embora no meio da noite. A mãe trancou a porta e voltou para a cama.

No começo da manhã, janelas todas abertas para arejar, meninos na escola, a mulher passava pano na casa quando bateram à porta. Nem encostou o rodo, do jeito que estava atendeu. Um homem bem-vestido, com a roupa engomada, a barba feita, recendendo a sabonete e loção, procurava pelo marido dela. Ela demorou um pouco, não pensando na resposta, mas começando a digerir o que lhe sairia da boca pela primeira vez. "Não sei dele". Depois de dizê-lo em voz alta tornara-se, oficialmente, uma mulher largada.

"A senhora pode dar um recado"... "Não. Não posso. O senhor não entendeu, não sei dele. Foi embora, no meio da noite, fez a mala e saiu". Ele pasmo, ela envergonhada, tanto pela falta de linha quanto pela situação vexatória em si. Mediram-se. O homem ficou um pouco vermelho, ela, um tanto arrasada. "Ele me deve. Deve muito dinheiro, deu a casa em garantia da promissória". Ela pensou que fosse chorar. "Não estou entendendo". "Posso entrar e lhe explicar melhor?". "Não. Não o conheço. E se for da mesa de jogo boa coisa não é. Se ele lhe deve, vai cobrar dele que eu não passei a noite na gandaia apostando nada". Ela ensaiou fechar a porta, o homem interrompeu seu movimento com a mão. "Tenho uma promissória", a solenidade da ameaça enfatizada na palavra. A mulher titubeou, mas não cedeu. "Pois corra atrás dele". Bateu a porta com força, deu duas voltas na chave e foi fechar as janelas. Tremia.

Acabou de limpar o chão chorando uma mistura de raiva, vergonha, medo. Odiava quando era flagrada fazendo os serviços domésticos, logo ela, que nasceu para mandar, obrigada a situações tão reles. Não se contentou com o rosto lavado, tomou banho, colocou uma roupa de ir à rua, passou pó, um batom discreto, arrumou o cabelo num coque bem feito. Sentada na penteadeira, analisava o rosto cansado. Tinha olheiras, um vinco na testa e a mesma altivez de solteira. E agora?

Faltava pouco mais de uma hora para os meninos voltarem da escola. Comeriam o que tivesse sobrado do jantar. As duas notas guardadas na Bíblia do quarto, sob a proteção da imagem do Sagrado Coração de Jesus pregada na parede, era todo o dinheiro que tinham. Ela precisava pensar com calma, e era essa calma que buscava quando bateram novamente à porta, mais forte que da primeira vez. Não esperava. Teria o homem voltado? Nisso pensava enquanto percorria o corredor saindo do quarto. Sim, era o homem, com um policial e um outro, que se disse delegado. Não houve como recusar. Entraram e se sentaram, menos o policial, que ficou de pé ao lado da porta. Ela não lhes ofereceu nem água, claramente não eram bem-vindos. Forjou para si uma tranquilidade inexistente e lembrou de ser quem era antes de se casar. "Seu marido…" "Como disse mais cedo para o senhor aí, foi embora. Fez a mala e sumiu no meio da noite sem falar palavra". "Veja, eu sei que é uma situação perturbadora, a senhora não prestou queixa de desaparecimento, não posso fazer nada…" "Nem quero. Se foi, que fique onde está ou vá pro Diabo que o carregue, tanto faz". O delegado espantou-se um pouco, esperava uma mulher fragilizada, intimidada pela autoridade da lei. O homem estava nervoso, impaciente com aquela enrolação. "Eu tenho uma promissória…". O delegado interrompeu o homem de um jeito brusco: "se a senhora não fizer a notificação do desaparecimento podem achar…" "Muito bem, o senhor é delegado, não é?". "Sou". "Então, delegado meu marido sumiu, desapareceu no meio da noite, o senhor, por favor, registre isso, com o testemunho do guarda ali na porta e esse senhor aqui presente".. O delegado estava besta. "Mas a senhora precisa esperar setenta e duas horas para dar queixa de desaparecimento…" "O senhor se decida, veio aqui fazer o quê? Disse que tenho que dar queixa e agora não está no prazo, afinal por que o senhor entrou na minha casa, com policial e tudo?". Não sabiam quem ela era, pelo jeito devia ser aparentada de um grande, filha de graúdo, dessas criadas pra dona do mundo. O delegado, precavido, mudou o tom e a intenção. "Este senhor procurou a delegacia para prestar queixa contra o seu marido, por estelionato. Antes de sujar o nome do homem, achei melhor verificar". "Deve ser alguém importante para o senhor se dar ao trabalho". O delegado ficou vermelho. "Se ele acha que está no direito, que preste. E o senhor que dê andamento. Eu, do meu lado, espero um papel timbrado ou coisa parecida, para seguir no assunto que, por agora, está encerrado". A mulher abriu a porta acenando para que saíssem. O policial foi o primeiro, seguido do delegado que espumava e do homem indignado. Ela ouviu-os discutindo na rua enquanto o coração lhe saía pela boca e as pernas bambas não davam um passo para sair de trás da porta.

Os meninos chegaram antes que ela estivesse de todo recomposta.

Depois desse dia, achou prudente manter a casa mais fechada, já não escancarava as janelas pela manhã e mantinha as cortinas só entreabertas. Por via das dúvidas, procurou manter os meninos fora da rua, ocupados em tarefas inúteis e infindáveis, sob a ameaça constante de uma boa surra caso decidissem pela desobediência. Pareceu funcionar por um tempo. Ela constatou que tinha alguém vigiando a casa todos os dias. Por horas a fio e em diferentes momentos, lá estava ele, encostado na árvore do outro lado da rua, na divisa do terreno baldio. Quase um mês depois do sumiço do marido, numa tarde especialmente quente, ela mandou o filho mais velho atravessar a rua com um banquinho baixo e um copo d´água. "A mãe mandou, disse que, se você vai ficar, ao menos espere sentado que ela está cansada só em lhe ver de pé todo esse tempo", o menino falou enquanto estendia o copo e deixava o banco no chão. O homem, pego desprevenido, bebeu a água e acenou com a cabeça para a mulher que olhava do alpendre diminuto. O moleque atravessou de volta pra casa, desesperado para sair correndo pela rua, se juntar aos outros, brincar livre, mas a mãe não deixou. Naquela noite souberam o que havia acontecido, o porquê de o pai estar fora tantos dias. Não se impressionaram. Alguém de olhar mais aguçado poderia dizer que os dois mais velhos respiraram aliviados, e o pequeno fez o mesmo, mais por imitação que por compreensão. Também diria que aliviada ficou a mãe. Não de todo, afinal, alimentar aquelas bocas era de fato um problema, porém menor. Também foi nessa noite que todos dormiram profundamente leves. O do meio até deixou escapar o xixi, mas a mãe não falou nada pela manhã e os irmãos, se viram, fingiram que não. Era um jeito de paz novinho para se estragar logo cedo com besteira.

Quando gastou a última nota, pagando a conta do mês no armazém, a mulher deu um jeito de avisar a própria mãe do ocorrido, o que foi bem fácil, já que não se falava de outra coisa na cidade e, embora os pais continuassem vivendo na fazenda, as notícias corriam cada vez mais velozes. "Uma largada", foi assim que o pai falou. "Se ela tem culpa, maior é a sua que fez grande questão desse casamento". Disseram que o velho quase morreu engasgado com a verdade que teve de engolir a seco. Depois disso, passou para a filha um pedaço de terra que tinha arrendado para a usina, cuidando de observar a cláusula de usufruto e garantir que não fosse perdido enquanto estivessem ele ou a mulher vivos. O pagamento era anual, todo janeiro entraria uma pequena bolada que ela deveria administrar ao longo do ano. Não satisfeita, a esposa o fez se comprometer com uma mesada, "afinal, como sobreviveriam até o próximo janeiro? Ainda falta!". Cedeu contrariado, mas há muito sabia ser impossível vencer quando ela puxava a questão para si. Sua contrariedade logo passaria e a esposa satisfeita era paz garantida, já não tinha outros desejos.

Assim foi que a mulher resolveu sua aflição menor. O dinheiro, pouco, ela achava, entraria todo mês, e ela não precisaria se matar de bordar, só continuaria pegando a encomenda que lhe agradasse, mais para minimizar o falatório do povo e manter certa piedade nos olhares, o que era bastante conveniente. Parecia tudo muito ajeitado, de pendência mesmo só a tal promissória que vez ou outra a assombrava, na figura do homem de campana, e a incerteza quanto a seu estado civil. Tinha dias que isso a inquietava mais. Relutava em admitir, mas sentia falta do olhar do marido a devorando, sentia saudade de ir pra cama com ele, no meio do dia, como se nada mais importasse, embora sentisse vergonha dos filhos depois. Contudo, bastava lembrar da cadeira voando na parede ou do galo esganado para qualquer saudade desaparecer de imediato.

Uns cinco meses passados da fatídica noite, bateu-lhe à porta um oficial de justiça, se de verdade mesmo nunca soube.

Vinha intimar o desaparecido. Ela explicou de novo a história, mais com resignação do que com impaciência, pois o homem sacou da pasta outra intimação, para o cônjuge do devedor, ou seja, a própria. A mulher leu tudo e no dia preciso, na hora exata, apresentou-se diante do juiz, com o advogado que o pai, a muito custo, aceitou pagar. Tudo ouviu e observou calada. Ainda não havia julgamento, pelo que entendeu era uma tentativa de conciliação. Precisava pagar o título, não o fazendo poderia se complicar. Sugeriram vender a casa, o valor era alto, o homem tinha pressa em receber, estava no seu direito cobrar e... "Posso ver a promissória?". Ainda não tinha visto o documento de perto. Estenderam o papel e ela o segurou com cuidado, ficou nervosa, começou a rir, descontrolou-se. Buscaram água, nenhum dos presentes entendeu nada. "É esta nota que cobram?". "Sim". "Há outra?". "Não". "Não adianta rasgar..." "Por quem me tomam? Julgam-me por si?". "Essa firma não é dele. Não é sua assinatura. Não reconheço este documento". Os homens todos demoraram a reagir, e o primeiro a fazê-lo foi justamente o cobrador, descontrolado, "impossível, eu mesmo o vi assinar, tenho testemunhas. Mais de uma, inclusive". "Essa assinatura não é, e nunca foi, do meu marido, busque no cartório e verá. Parece que não fui a única a ser ludibriada por ele...". Na sala, só se ouvia então três tipos de respiração: a aliviada, a indignada e as estarrecidas. Dentre essas últimas, uma voz baixa e solene trouxe todos à razão: "O que exatamente acontece aqui?". O silêncio constrangedor não durou. "Cobram de uma mulher, com três filhos para criar sozinha, depois de abandonada pelo marido, uma dívida que ela não fez, mais do que isso, ela desconhece as condições em que foi contraída e até por quem, posto que não reconhece a assinatura apresentada na nota". Mesmo pego de surpresa, o advogado reagiu. "Isso é um absurdo! Posso provar que foi ele quem assinou". O juiz achou que era hora de intervir, estava visivelmente irritado, fizeram-no de palhaço numa questão que estava certa, foi o que afirmou o cobrador quando o procurou na base da amizade. A coisa agora ganhava outra configuração. "Silêncio, os dois. A senhora tem certeza de que essa assinatura não é do seu marido, mesmo com o homem afirmando ter testemunhas?". "Sim, certeza absoluta. Pode conferir no cartório". "Mas..." "Entendo. Bom, cabe ao seu advogado provar que a assinatura é falsa e ao senhor provar o contrário". Claramente procurava conter a raiva ao dirigir-se ao cobrador, e seguiu sem dar-lhe tempo de responder: "Não havendo acordo, vamos ao julgamento do mérito, mas é meu dever alertar as partes: as testemunhas estarão sob juramento e responderão por qualquer contravenção apurada. A senhora perdendo precisará pagar a dívida e as custas do processo". "Minha cliente está ciente". Da outra parte, absoluto silêncio. A mulher voltou para casa com a soberba dos maus vencedores e não viu a discussão entre o juiz e o cobrador. Claro que ninguém testemunharia sob essas condições, admitir que estavam em mesa de aposta? Nunca! O cobrador perdeu, perdeu feio, e ainda abalou uma relação preciosa. Intrigado, o advogado perguntou como a mulher se atentou para a assinatura tão rápido. "O único lugar onde se firma de verdade é no cartório, aí sua assinatura é irrevogável. Em qualquer outro lugar não se deve assinar pra valer". O marido aprendera isso com o pai, desde sempre, e se gabava de só ter assinado pra valer seis vezes na vida: quando se casou, quando morreu o velho, quando lhe nasceram os filhos e quando comprou a casa. O resto era rabisco sem validade. Nunca valeu nada, mas enganava bem no começo.

Se a história da promissória viraria alguma coisa continuava da ordem do mistério; dia ia, dia vinha e sobre isso pesava o silêncio. O homem já não ficava de campana como antes, rareou muito os turnos, falhou, até sumir de vez. Os meninos experimentavam uma liberdade temerosa, sempre atentos a qualquer barulho diferente na casa. Podia ser o pai voltando, nunca estavam de todo relaxados. O dinheiro da mãe era justo e infalível, e assim iam levando. A tábua rangia menos, não por conserto qualquer, mas porque menos solicitada no pisar. A mulher usava o último quarto, em frente ao seu, para bordar, a luz era boa e podia vigiar a rua. Colocou ali a máquina de costura que comprou quando recebeu o segundo pagamento da terra arrendada. Era quase sovina no dia a dia, tinha medo de que faltasse dinheiro e, quando sobrava bastante, permitia-se pequenas extravagâncias. Comprou uma bicicleta grande para o mais velho e ele vivia com ela pra cima e pra baixo. Fazia as cobranças para a mãe e pequenos serviços para os vizinhos; desses cobrava um pouco e garantia o cinema e as balas de quase todo fim de semana. Depois, uma enciclopédia para o do meio, um medroso, que nunca se arriscou a andar de bicicleta por medo de cair e ficava horas sentado folheando os livros, pesados e cheios de figuras, que ocupavam a estante que a mãe mandou colocar na sala só pra eles. O mais novo não alcançava o pé no pedal e caiu umas duas vezes tentando se equilibrar. Da última, o irmão deu-lhe uns tapas porque a queda amassou o paralamas dianteiro e descascou um pouco a pintura. A mãe não tomou partido e deixou que se resolvessem. Depois, o caçula se aventurou nos livros do outro, mas achava aquilo chato e o livro era pesado, até deixou cair quando foi guardar na prateleira, sorte que não pegou no pé! Foi a maior confusão, o irmão querendo bater, ele chorando pela casa atrás da mãe, o mais velho só dando risada. A confusão só parou quando, na correria, o pequeno tropeçou e deu de cara com a janela da sala. Fez mais barulho do que estrago, só o vidro quebrado, por incrível sorte não se machucou. Todos ficaram aterrorizados, quando o pai soubesse... O menino levou uma surra da mãe e os ânimos permaneceram calmos por um bom tempo depois disso.

 Fazia tempo que o pai havia partido, mas sua presença era uma sombra que os ameaçava constantemente. A mãe tinha mais marcas de expressão, sempre com um ar cansado quando a viam distraída. Eles também mudaram. No mais velho se insinuava uma penugem, ele dizia bigode, mas ainda faltava para isso. O do meio crescera muito, era o mais alto de todos, e pouco se ouvia sua voz; a gagueira não o abandonara. O mais novo era voluntarioso, chorão, um menino mimado que não recebia mimos, mas os desejava, que esquecia o pai rapidamente e em seu lugar idealizava uma figura que nunca existiu, contrariando todas as coisas que ouvia, tudo o que falavam nas pouquíssimas vezes que o mencionavam. A janela consertada ficou diferente das demais, ninguém explicava direito como, mas igual não era. A casa também tinha mudado, a pintura branca descascando em alguns pontos, o azul das guarnições, queimado e desbotado, já não brilhava. Algumas madeirinhas das janelas faltando ou soltas de um lado, uma rachadura crescendo nos degraus do alpendre. Começou discreta, mas já dividia um terço da escada em meia-lua. O muro do fundo também tinha subido, quer dizer, fora refeito. Quando comprou o terreno vizinho, o novo proprietário perguntou se podia aumentar a divisória e se acertou com a mulher. Pagaria pela obra sozinho, afinal, era ele quem a queria. Acontece que a qualidade do muro anterior era ruim e ele cedeu um pedaço quando deu uma chuva bem forte, a obra estava só começando. O proprietário decidiu derrubar tudo e refazer, mas com placas de concreto, "mais barato que tijolo e bem mais bonito". A mulher não sabia se achava mais bonito, mas, como o homem ia pagar sozinho, aceitou, não sem antes exagerar no quanto gostava do muro antigo. O proprietário fez que se convenceu do teatro, pagou sem reclamar e apressou o serviço. Muito mais alto não ficou, mas os meninos já não o pulavam, com medo de quebrarem a placa de concreto e das ameaças da mãe caso isso acontecesse. Por fim, todos satisfeitos, era isso.

O dia em que bateram à porta foi o mesmo em que ela reparou na rachadura do passeio perto do portão, o que o emperrava um pouco de um lado. Também notou quão feio estava o pilar que sustentava a grade da frente, uma inutilidade abominável. Estava passando da hora de dar uma arrumada no lado de fora da casa, tinha certeza, mas não vontade. Pois a vontade apareceu em forma de mulher, e não vinha só. Trazia uma criança no colo e, atrás dela, um homem alto, de bigode mal aparado e um tanto desajeitado. Uma leve semelhança entre eles se confirmou quando o apresentou: meu irmão, advogado.

Foi assim: no meio de uma tarde de domingo, a mãe pensava se devia fazer um bolo ou não; o filho mais velho estava deitado, morrendo de preguiça e de calor; o do meio, com um volume da Barsa sobre a mesa da cozinha, folheava a história da construção do Coliseu; e o mais novo andava pelo quintal, talvez jogando água num formigueiro ou escavando uma passagem secreta para lugar nenhum. Então bateram à porta – não muito forte, mas quem vai à casa de alguém naquela hora do domingo se não for para coisa urgente, precisão importante mesmo? Pois a mãe foi abrir pensando assim e deu de cara com os desconhecidos. A criança no colo era um bebê pequeno, não tinha mais que sete ou oito meses, olhos miúdos, nariz querendo escorrer, as bochechas vermelhas de andar no sol. O homem se abanava, suado. A mulher era comum, mas tinha essa coisa guardada, a raiva do desamparo. Foi logo se apresentando e ao irmão advogado. A dona da casa só olhava calada, não saiu da frente da porta, não chamou pra entrar – eram desconhecidos. Os filhos não se incomodaram em ver, apenas aguçaram os ouvidos e seguiram fingindo distração com suas desimportâncias. A mulher perguntou se era ali a casa do pai dos meninos. "Foi". O homem tirou um papel da pasta, a mulher ajeitou a criança quase adormecida no colo para lhe entregar o tal papel. A dona da casa leu. Leu outra vez, com os olhos mais apertados e a boca mais aberta, depois encarou a mulher, esperando. "Meu irmão, advogado, veio para tratar do inventário. É dele". Ajeitou-a outra vez e tentou manter o olhar desafiador, mas foi um fiasco, porque a mãe mantinha-se assustadoramente inescrutável. Sem arredar o pé nem bambear a voz, perguntou por obrigação, "e a certidão?". A mulher mexeu na pasta, procurou, suou. Se impacientou. A mãe continuou, "ele não registrou, né? Não deu seu nome". A mulher franziu a boca. "É dele, tem testemunha, tem prova, a marca de..." "Sem registro é só seu, volte para onde veio que aqui não há nada para você". Ia fechando a porta, a mulher tentou empurrar, a criança se assustou com o movimento brusco, começou a chorar e o nariz escorreu. O homem, mortificado, a pegou no colo, deixando a pasta no chão. Houve ameaças, troca de palavras duras, xingamentos. A mulher, transtornada, só falava na casa, que o filho tinha direito. A dona da casa, revoltada e com ódio absoluto da traição, enxotou-os de lá, que buscassem o que achavam ter direito noutro lugar, e se ali voltassem lhes chamaria a polícia por desordem e perturbação da paz.

    Outro vexame. Outra vez passeariam nas bocas da vizinhança, até que um novo assunto surgisse e fossem deixados de lado. Esquecidos, nunca. Outra vez alguém atrás da maldita casa de que ela nem gostava! A mãe do bebê e o irmão saíram desnorteados. A mulher bateu o portãozinho com tanta força que o quebrou, já devia estar meio estragado. A pasta, deixada para trás, estava vazia, e a dona da casa a jogou na rua antes de fechar a porta. Agora sim, tremia. Um tanto de raiva. Tinha as pernas bambas, as mãos inseguras e suadas. Pegou o papel que soltara sobre a poltrona e sentou-se para ver com calma. Em letras maiúsculas lia-se CERTIDÃO DE ÓBITO. Era isso, o traste morrera, mal súbito, estava viúva, os filhos órfãos. Enfim não era uma largada, não eram mais os abandonados e ele não se furtara à humilhação final, não. Não aquele bosta. Juntara-se com outra, fizera-lhe filho! Pois que comessem o pão que o diabo amassou, que se fartassem do estrume de sua ascendência e pagassem por ela por toda a vida.

    Contou para os meninos à noite, enquanto jantavam. Os dois mais velhos arregalaram os olhos e não disseram nada. Há muito não falavam mais do pai, e saber que ele não voltaria de jeito nenhum dava-lhes uma espécie de alívio que não ousavam confessar. O caçula começou a chorar e foi logo repreendido pelo mais velho, "engole esse choro, seja homem". Ia protestar, dizer que o outro não mandava nele, mas calou-se quando viu que ninguém o defendeu e a mãe até pareceu concordar com o irmão.

Naquela madrugada caiu um temporal com granizo. Esteve muito quente todo o dia. A família acordou assustada com o barulho das pedras batendo no telhado, na calha, nas janelas; só não quebrou vidro porque as venezianas estavam fechadas. Por muito tempo lembrariam disso, será que até morto o pai viria assustá-los? Não durou muito, mas a dificuldade para voltar a dormir foi incontornável e, tão logo o dia principiou a clarear, os filhos se levantaram para ver os estragos. Deram com a mãe vindo no corredor com os olhos cansados. Concluíram que ela também não dormira, era um fato, menos pela chuva, mais pela raiva que pranteou e aos poucos a amargava em definitivo. Foram abrindo a casa, uma ou outra ripa solta, as venezianas precisavam de manutenção há tempos. Calha amassada não viam, será que tinha telha quebrada? Ah, certamente tinha, bastava ver a cobertura da garagem do vizinho, as telhas de amianto cheias de buracos, sorte que não havia carro. A mãe concluiu ser o melhor momento para uma boa reforma na casa. O marido morto não mandava mais em nada, as pedras a eximiam de qualquer desculpa e ninguém acharia cedo, não poderiam falar "nem bem esfriou no caixão…". Bom, não poderiam, mas certamente o fariam.

    Nisso ruminava quando parou na rua um de seus irmãos que vivia com os pais. "A mãe mandou ver se ficou tudo bem aqui, em casa destelhou o quartinho do fundo". Então era assim que a vida consertava as coisas? Mandou avisar a mãe de que era viúva, mostrou o documento, desconversou de como o conseguiu – não se humilharia a esse ponto – e o resultado foi que, no dia seguinte, o pai e o irmão resolveram tudo no cartório. Deram um jeito de espalhar a notícia e providenciaram gente pra fazer os reparos na casa, afinal, deixando de ser esposa voltava a ser filha. Era oficial, não havia mais vergonha, só algum ressentimento renovado. A mulher abraçou o papel de viúva e aproveitou-se bem dele. Teria, enfim, a casa mais próxima ao que desejara um dia.

A reforma durou quase seis meses. A mulher não aguentava mais a pose de viúva enlutada, a bagunça da obra, o corpo mole dos pedreiros, pintores, serventes. Virava e mexia soltava os cachorros, a coisa voltava pros trilhos e logo desandava de novo. Quando, enfim, terminou, a casa parecia outra, remoçara, tinha um ar menos sisudo. Agora ostentava um rosa antigo por fora e um branco perolado nas paredes internas, as guarnições e caixilhos eram todos brancos, também as venezianas novas. Já não tinha a mureta na frente, trocada por uma grade baixa, toda trabalhada e branquinha. O portão abria em duas folhas, sendo que uma ficava fixada com ferrolho ao chão; da escada em meia-lua com degraus baixos não sobrou nada, em seu lugar um único degrau discreto; o canteiro estava maior e o passeio um pouco mais estreito; para não perder de todo a privacidade, o alpendre agora era fechado em meio corpo e havia um arco na entrada, o que foi possível fazer quando mexeram no telhado para arrumar as telhas e a calha. A área logo ganhou um banco e ficou bem agradável, ela achou. Todas as portas foram trocadas. Empenadas precocemente, agora eram de madeira boa, pesadas e vistosas. Esqueceram-se de arrumar a tábua que rangia, mas ela não se importou. Depois descobriu outra, também empenada, perto da janela da sala; não fez caso tampouco.

Quase um ano depois da morte do marido, a casa, enfim, já não guardava sua presença. O cheiro de tinta sumira, a família acostumou-se ao peso das portas. Evitavam as tábuas que rangiam quando não tinham pressa, as roseiras plantadas no canteiro novo floriam e ela tomou gosto por sentar no alpendre aos fins de tarde. Parece que ninguém mais se lembrava da casa quando era branca, do pai quando era vivo, da mãe que um dia fora mulher de alguém. Olhando de fora, tudo bem ordenado, por dentro também, mas só para olhos desatentos. A amargura da mãe instalara-se no olhar, no fim do sorriso difícil, nas noites em que sentia vontade de ser tocada, cheia de culpa e mágoa. A revolta cresceu no peito do irmão mais velho, o que muito ouviu, e sentiu, das pessoas em volta, dos colegas de escola, vizinhos. Conquanto fosse órfão agora, antes fora um largado, e isso era imutável. Raramente ouvia-se a voz do irmão do meio. Não era tímido, embora assim o julgassem, mas morria de vergonha da gagueira que não o abandonara com nenhuma simpatia, nenhum remédio, nenhuma orientação médica, até pedras quentes na boca lhe enfiaram, sem nenhum ou imperceptível sucesso. O mais novo achou seu jeito, tinha seus rompantes e a mãe achava que saíra ao pai, o que a preocupava e irritava igualmente; era um folgado que vivia apanhando dos irmãos, depois de muito provocá-los e jurar inocência para a mãe, que já nem se dava ao trabalho de fingir acreditar. A casa era pequena para cinco se o quinto era o pai, mas suficiente para os quatro. Até o quintal já não parecia assim tão pequeno, o muro modificara sua aparência para melhor; embora ele em si fosse de pior qualidade, esteticamente teve um efeito positivo.

 Falar que a mãe não mais desejava ser mulher de alguém seria mentira, porém dizer que o buscava não era verdade. Com os meninos o mesmo se passava: pensar que queriam um outro pai não era de todo falso, mas não estavam nem um pouco inclinados a arriscar a sorte, vai que davam azar de novo?! Então era isso, todos sentiam uma falta temerosa e solitária, a ninguém sobrava coragem ou disposição para o novo. O homem que antes os abandonara havia morrido, e isso era mais concreto do que fora sua presença. O selo da morte lacrou suas vidas e nada parecia poder romper este lacre.

O rosa antigo desbota mais rápido com o sol. Fica uma cor engraçada. Ainda é rosa, mas é diferente; tinta queimada é sempre despersonalizada. As roseiras não precisam ser replantadas, mas a poda é bem-vinda. Por que uns matinhos insistem entre as pedras do calçamento numa infinita peleja, quem sabe? Tem pedra que até dá uma ligeira deslocada, fica desigual, uma rua irregular danada pra derrubar gente desatenta. Como cada um planeja se tornar fugitivo, sem o assumir de fato, é curioso, e seguirá sendo um mistério quem levará a cabo seu elaborado plano e quem nunca o fará. No fim, de um jeito ou de outro, tudo é fuga – umas mais bem sucedidas que outras, é verdade.

O filho mais velho foi embora. Tinha sede de experimentar o mundo além da casa, da rua de paralelepípedos irregulares, da cidade impiedosa, das bocas maledicentes. Não foi aceito na Marinha; com a morte do pai e sendo o primogênito, era arrimo de família, concluíram. Até morto aquela desgraça lhe infernizava a vida! Com a dispensa na mão e nenhuma vontade de voltar, ele se engajou num cargueiro atracado há dias, foi embora no navio sem se preocupar com o destino final. Avisou a mãe por telegrama, poucas horas antes de embarcar para nunca mais voltar. Pode ter visto o mundo todo, mais de uma vez, ou, quem sabe, enjoado daquela vida e se fixado num porto qualquer. De vez em raro dava notícias genéricas. Se sentiu falta da família em algum momento, nunca se soube. A mãe calou seu nome, outro homem a lhe abandonar. Guardava numa caixa de documentos no guarda-roupa os telegramas, que parara de ler quando viu serem exatamente iguais: *estou bem*. Achou que o filho os enviava por culpa, para se apaziguar, e possivelmente estava certa. Se teve filhos ou casou-se, se adoeceu ou passou fome, tudo era uma incógnita. Anos depois, o caçula comentaria que o irmão só procurou a Marinha porque ali não havia mar e era, então, o mais longe da casa que poderia chegar.

    O do meio também partiu. Achou na igreja um jeito de se esconder do mundo. Não virou padre, mas monge cartuxo. A mãe achou que era a mesma coisa. Oscilou entre a alegria e a tristeza, também teve um pouco de raiva, depois sentiu-se culpada pelo próprio egoísmo. Por fim entendeu, embora desconfiasse de que a verdadeira motivação do filho nada tinha a ver com vocação. Esse pode ter chegado a ser feliz? Quem saberia... Sua partida fez do mais novo o herdeiro da Barsa e o homem da casa. A enciclopédia já não lhe interessava e para homem faltava um pouco, era um adolescente desengonçado que passava o dia atormentado pela vontade de se masturbar e pelo remorso que sentia depois de fazê-lo.

A casa ficou enorme. Não de imediato, mas pouco depois, quando o caçula foi trabalhar meio período, usando a bicicleta velha que o irmão deixou quando partiu. Era office-boy num escritório de contabilidade e passava as tardes zanzando pela cidade. Tudo começou porque queria ir à zona, mas não tinha dinheiro e não via jeito de pedir à mãe uma quantia alta sem explicação. Foi um colega de escola quem deu a ideia, estava trabalhando na farmácia por isso. Arranjou fácil o emprego, mentiu o salário, a mãe achou pouquíssimo, mas "antes trabalhando que vadiando". Entregava o ordenado declarado para a mãe, que lhe devolvia uma pequena parte, e escondia a diferença. Logo tinha o suficiente. Foi no puteiro, não gostou muito do sexo e bem menos lhe agradou o ambiente. Sentiu-se oprimido e deslocado, talvez pela inexperiência, ou pelas altas expectativas criadas. Não deixou de frequentar o lugar, mas não era assíduo. Suas visitas esparsas culminavam num tipo de alívio asqueroso, um tanto confuso.

Por fim, aprendeu a fumar, a beber uma cerveja pouca, fez curso para técnico contábil, foi ficando no escritório e melhorando de função. Nunca conheceu outro emprego na vida, embora mantivesse uma restrita clientela particular ao longo do tempo. Se não lhe melhorou o temperamento, tampouco piorou visivelmente, isso é coisa que pode levar anos. Estabilizou-se como um homem sem graça, sem paciência, exigente e cheio de vontades. Quando contrariado, fazia pirraça como se fosse criança, mas era inofensivo, só um chato mesmo.

A mãe parou de bordar quando ele pegou o certificado de conclusão do curso. Andava cansada de forçar a vista e tratar com as pessoas. Há muito assumira uma velhice resignada, era mais fácil assim. De fato, ainda tinha as carnes duras e o desejo aceso, por isso as noites eram tão difíceis e o amanhecer, dolorido. Quanto mais o tempo passava mais ela se ressentia: uma vida desperdiçada, que azar.

Por um bom tempo foram só os dois na casa desbotada.

O filho já estava bastante acostumado à rotina sem graça. Café com pão e manteiga. Escritório, contas, números. A sala sem janelas, só um vitrô e o ventilador de pé nos dias mais quentes, girando monotonamente. Arroz, feijão, carne qualquer, salada, às vezes um doce de calda ou em pedaço. Vinte minutos esticado no sofá, com os pés descalços. Escritório, números, contas, um cafezinho, umas duas bolachas ou um pedaço de bolo. Uma enroladinha olhando a rua e outra a esperar o fim do expediente. Casa, banho, uma sopa ou um resto de almoço, uma olhada no quintal, uma espiada na rua. A cama de solteiro, o rádio ligado. Luz apagada e janela aberta. De segunda à sexta, com raríssima variação.

    A mãe seguia a contragosto na maior parte do tempo. Gostava de se sentar no alpendre, já quase no fim da tarde, e olhar a rua. Era só. Acordava contrariada, tudo fazia por uma obrigação estabanada e sem vontade, pensava no filho padre-que-não-era-padre, no filho marinheiro-que-não-era-da-Marinha e, por dedução, no pai deles, aquele estorvo. Nesse se demorava mais. Às vezes achava qualidade e ficava melancólica, mas quase sempre lhe consumia o desprezo e, invariavelmente, a mágoa. Nessa, mais do que o abandono e a traição, lhe doía o degredo à castidade. Envelhecia amaríssima, como nunca desejara, e isso também era culpa dele.

    Entre mãe e filho poucas palavras eram necessárias. Foram desacostumando de falar. O rádio não deixava que o silêncio fosse um incômodo, e se havia algo que os ligasse estava ali. Era o habitante mais importante da casa, quer dizer, os habitantes, porque havia uma verdadeira família de rádios. Um pequeno na cozinha, próximo à pia, companhia da mãe enquanto estava ali; um grande na sala, sobre o buffet, cujo som enchia a casa nos dias de folga; e o do filho, não tão pequeno, que ele ouvia toda noite, carregava pro quarto, pro quintal e até levou pro banheiro, mas a mãe achou aquilo um absurdo, "era só o que faltava!", e para o banheiro não foi mais. O filho achou uma pena, mas, pensando bem, era esquisito mesmo. Pronto: daí em diante, tudo o que não era comum, que alguém pudesse achar esquisito, ele rechaçava. Com isso restringiu-se muitíssimo o que lhe podia dar satisfação – isso, sim, foi uma pena.

Quase todos os dias a mãe comentava que a casa precisava de nova pintura. O filho, no entanto, não via naquilo nada além de uma constatação, afinal, se a mãe quisesse mesmo pintar já o teria feito, pensava. Por sua vez, a mãe já não achava meios para o filho tomar a frente de nada. Quando se assumiria como o homem da casa, no sentido amplo da palavra? Quando tomaria pra si as responsabilidades? Até quando lhe entregaria o salário, como um adolescente sem opinião? Criara um folgado, era certo, mas não tinha ideia de como fizera isso, logo, não sabia como consertar.

Sob o pretexto de uma dor no pé, passou a pedir para que ele a acompanhasse às missas de domingo. Mudou até o horário, quem sabe assim, saindo mais de casa, alguma coisa acontecesse. Só ia mesmo para passear, nunca fora muito católica, aliás, sempre fora à igreja obrigada, mas por agora servia o pretexto. Saía, via gente, falava com uma e outra pessoa, cumprimentava todas. Se não se esqueceram da história, ao menos fingiam bem. Hipócritas, a maioria, como ela, seus iguais. O filho ia, acompanhava a mãe, meio contrariado no início, depois acostumado. E não foi por isso que as coisas mudaram, não diretamente.

Começou com um colega, lá do escritório de contabilidade. Estava casado há pouco, andava que nem passarinho, assobiando por nada, mas aí, passado um tanto, deu de ficar um pouco cismado. Todos perceberam, perguntaram entre um café e outro se ele estava com algum problema. "Problema, assim, não é... Mais uma questão delicada". Esperaram, ele não disse nada, deixaram. Demorou uns dias para que voltasse ao assunto: "Meu pai quer que minha irmã venha morar comigo. A menina, bem quase nada mais nova que eu, sempre morou na fazenda, e agora o velho acha que seria bom pra ela vir à cidade um pouco. Acho que está com medo de que fique solteirona". "E qual o problema disso?". "Você não sabe de nada mesmo, né? Acabei de me casar, quero aproveitar enquanto os filhos não chegam".. O caçula calou porque não sabia de nada mesmo, não entendia o que uma coisa implicava na outra.

Se o colega encontrou jeito ou resignou-se, ele ficou sem saber. Quase esqueceu-se do assunto, que só veio à tona numa sexta-feira quando, encerrado o expediente, passaram no bar, duas ruas pra cima do escritório, já chegando na praça. O caçula foi meio arrastado, não tinha o costume, tampouco era hábito do outro, mas o chefe convidou de um jeito intimado, era aniversário dele, "não podia beber um copo com os amigos?". Podia, claro. Então o colega contou que a irmã chegara, era discreta e tinha mão boa pra doce, "qualquer hora você precisa experimentar". "Eu vou". "É pra ir mesmo!". Achou graça naquilo: o chefe estava alegre, o colega, relaxado, e tudo foi parecendo fácil e possível, até ele.

Da conversa descompromissada no bar ao convite para jantar nem bem se passou uma semana. O caçula foi, conheceu a esposa e a irmã do colega, e se não mostrou empolgação de cara tampouco aparentou desgostar da moça. Daí para começarem a namorar foi um pulo, e ele logo se viu com noivado marcado. A mãe achou tudo muito rápido, preocupou-se que a moça pudesse estar grávida, mas não era isso. Havia a pressa do amigo e a passividade dos namorados, que com toda ideia iam concordando, um tanto por comodidade e conveniência. De cara a mãe considerou a moça sem nenhuma graça, "uma manga aguada", pensava, "mas o filho também não tinha atrativos", resignava-se, "ao pai que não saiu, aquele infeliz".

Noivado simples, a mãe fez questão de que fosse em casa. Receberam os pais da moça, vindos da fazenda para a ocasião, e o irmão com a esposa, com quem ela viera morar, para um almoço. Nada demais, um frango assado, um bolo encomendado, um vinho barato. Alianças finas e um broche oferecido à futura nora, uma pequena rosa com pedrinhas vermelhas que ficava rolando no porta-joias. A mãe nunca gostara dele, ganhara-o de sua sogra na mesma ocasião e achou que era um bom jeito de se livrar daquilo. A futura esposa do filho mais novo mostrou-se muito agradecida e até feliz com o presente inesperado, "enfim alguma reação mais que morna", pensou a mulher. Um café para encerrar e "claro, aceito com gosto um licor de canela", talvez mais que um. Enfim, pode-se dizer que foi tudo dentro do previsto.

À noite a mãe sentiu-se um pouco melancólica. Casaria o filho que ficou, aquele que não conseguiu fugir de um jeito melhor. Deveria ceder-lhe o quarto? Achava que sim, mas não tinha nenhuma vontade. Supôs que o casal moraria ali, mas e se tivessem outros planos? Ela ficaria sozinha naquela casa cheia de lembranças contraditórias? Foi uma noite de sonhos entrecortados: um navio que afundava, uma casa incendiada, os filhos meninos, o galo batendo no muro. O sono agitado não a permitiu descansar, e ela acordou um tanto irritada, sem disposição. Durante o café, pensou em voltar ao assunto da pintura da casa, porém não o fez, decidiu esperar os primeiros movimentos do filho, agora com aliança no anelar direito, e num futuro breve no esquerdo. Será que seria o suficiente para despertar alguma coisa nele? Seria o bastante para chacoalhar sua inércia? Com um tipo de contragosto, a mãe esperou.

Noivado mais sem graça que aquele nunca imaginara. O par ficava sentado ao lado um do outro como um casal antigo, que estava junto há muitíssimo tempo e já não tinha o que falar. Poucas palavras, pouca afetividade, pouco tudo, que tédio! Não saberia dizer se estavam felizes, se tinham planos, sonhos, desejo. Aos domingos, eles passeavam na praça e isso era o máximo que os vira fazer. A mãe andava incomodadíssima com aquela situação, pouco mais de dois meses para o casamento e nada fora feito, nem casa pintada, nem quarto trocado, nada de nada, como era possível?

Explodiu numa manhã comum, quando o menino veio trazer um recado do alfaiate: o terno estava pronto, o filho tinha que experimentar. "Vou na segunda". "O quê? Hoje, você vai hoje, daqui a um pouquinho, aliás! Casamento batendo na porta e o senhor nessa leseira, achando que tudo se resolve por mágica? Pode avisar que logo ele chega, obrigada". O menino saiu rapidinho, o filho fechou a porta e a mãe continuou despejando o que há muito estava engasgado. "Baita homem desse, com barba na cara e pelo no rabo, esperando por tudo na vida como se fosse criança, tome tento! Experimente o terno, resolva a pintura da casa e o conjunto de quarto novo, com cama de casal e guarda-roupa grande, hoje. É tudo pra hoje, está entendendo?". Não mencionou a possibilidade de trocar de quarto, não queria isso e não o faria, eles que se arranjassem. O filho ficou com a cara muito vermelha, envergonhadíssimo com o linguajar da mãe. Pela primeira vez se viu cobrado como o homem que deveria estar sendo desde há muito. Virou as costas e acabou de comer em silêncio o que estava no prato. A mãe enfiou-se no quarto e só saiu quando o ouviu fechar a porta da casa. Depois desse pequeno cataclismo íntimo estava aliviada, até ligou o rádio da sala.

Depois a coisa correu a galope de potro, meio desordenada, mas ligeira.

O quarto ficou pronto uma semana antes do casamento e, com isso, o caçula passou a dormir na caminha desconfortável do antigo quarto de costura da mãe, agora entulhado com camas desmontadas, colchões sobrepostos e todo tipo de coisa guardada; de linha à fotografia, de tudo se achava ali. "Na cama nova só casado, pra não dar azar e enviuvar moço", repetia a mãe, e a noiva concordava com um leve balançar de cabeça, os olhos piscando miúdo.

OS PRÓXIMOS

A casa ganhou uma cor das mais sem graça, segundo a mãe, um azul-clarinho, "cor do céu", como escolheu a noiva, com guarnições e janelas verdes. A pintura interna – "branco-hospital", repetia a mãe – foi finalizada faltando três dias para o casamento, de modo que na noite de núpcias ainda se sentia forte o cheiro de tinta.

A casa fora do marido, foi sua, e agora, seria da nora? É certo que guardava alguma familiaridade e dela aprendeu a não desgostar. Não podia negar que conhecia seus cantos, a história do vidro quebrado, das tábuas rangendo e até o pó de cupim, que preferia ignorar, mas varria a cada dois ou três dias. Nas paredes ainda estavam as fotos emolduradas do seu casamento, dos pais, sogros, dos filhos pequenos, uma estranha composição esmaecida e carunchada. Talvez, acostumar-se à nova cor não tardasse tanto.

Foi um casamento até ajeitado. Aconteceu na capela da fazenda dos futuros sogros, enfeitada com flores de papel crepom branco, muita fartura de comida e bebida, que o pai da noiva não queria ser chamado de pão-duro, e até dança, depois que cortaram o bolo, no terreiro mesmo. A alegria e o alívio se misturavam de um jeito engraçado. A mãe do noivo estava elegante, num vestido verde-musgo bem composto. Nunca perdera o semblante oligárquico herdado do pai e a beleza não a abandonara de todo.

Os noivos pareciam felizes e por isso estavam bonitos. Entre os convidados da noiva, vizinhos da fazenda, tios e tias com sua prole abundante e variada, parentes cujos laços emaranhavam-se de forma incompreensível. Do noivo, o chefe, os colegas do escritório e as ausências, que em determinado momento se fizeram mais que presentes.

Findo o dia, seguiram em um carro alugado para casa, a mãe do noivo, o recém-casado e sua esposa, com uma mala pequena. O restante de suas coisas o pai dela levaria ao longo dos dias próximos, quando fosse à cidade. O silêncio não era constrangedor, cada um tinha o pensamento perdido n'alguma coisa imprecisa. Chegaram à noite. A mãe entrou na frente e foi direto à cozinha beber água, que tinha a garganta seca de poeira; o filho entrou com a esposa no colo, igual a cena de um filme que viram juntos, e esse foi um dos raros gestos românticos de que ela se lembraria ao longo da vida. A mãe, quando os viu passar, achou surpreendente, fechou a porta e foi se deitar, à espera do inevitável ruído do amor.

Que não veio. Nada. Sequer um gemido baixo escapulido.

Só a vergonha da moça na manhã seguinte a fazia desconfiar de que o casamento fora consumado. Levantou-se logo depois dela e se dispôs a ajudar, sem lhe olhar direto nos olhos, tão logo saiu do banheiro. O filho só saiu da cama quando sentiu o cheiro de café. Tomaram café e seguiram para a lua de mel, no carro emprestado do cunhado, talvez a uma estância hidromineral ou coisa parecida. E pela primeira vez, desde que se lembrava por gente, a mãe ficou completamente sozinha, dia e noite, por uma semana inteira. Não aconteceria outra vez e, se soubesse o que fazer, teria aproveitado, mas não soube. Nunca lhe ensinaram o que fazer, e mesmo ela nunca aventou qualquer possibilidade para um tempo que fosse exclusivamente seu. Ficou perdida e, para se achar, manteve a rotina, mesmo desgostando. Talvez, valendo-se do silêncio e de tantas ausências, a casa tenha se enchido de fantasmas. Ouvia-os na madrugada: ruídos leves, às vezes compassados, sopros breves. Teria se casado, o mais velho?

Seria avó? Era feliz, o do meio? Tinha vocação? Como seria a vida se aquele embusteiro não se tivesse ido? A casa cor de céu e seu muro, de placas de concreto, não combinavam com um galo esganado arremessado contra si, morto sem véspera, de supetão; tampouco ela, nem com o galo e nem com a casa. Tudo fora um arremedo do impossível.

Uma casa com duas mulheres é um arranjo delicado. Os territórios são demarcados, os acordos, tácitos, qualquer desequilíbrio pode vir a ser um conflito duradouro, alimentado de rancorosas palavras silenciadas e contestações inauditas, munição infinita. A nova esposa devia ter sido bem instruída, ou tinha um insuperável instinto de sobrevivência, pois evitou qualquer confronto ao deixar claro que se submetia à sogra e reconhecia-lhe não só a autoridade, como a propriedade da casa, embora tivesse assumido a maioria das funções para o seu bom andamento desde o dia em que voltou da lua de mel.

Não foram necessárias grandes adaptações ou mudanças, a moça encaixou-se à monotonia dos dias. Mostrou-se uma doceira de primeira e seus doces e geleias rapidamente ganharam fama na cidade. Para a mãe do marido, ela continuava sendo uma manga aguada, e para ele uma certeza de que nada seria substancialmente alterado em sua rotina – o que foi um problema quando nasceu o primeiro filho, logo que comemoraram o segundo ano de casados.

O menino passou da hora de nascer. Estava atravessado, parto difícil. Nasceu arroxeado e a letargia inicial deu lugar a um choro incessante durante todo o primeiro trimestre de vida. A mulher só servia para acudir a cria. O marido, promovido a pai, ressentiu-se. Não entendia por que não se calava a criança, por que não dormia. Quando via o leite pingando do peito materno sentia uma espécie de asco, não aceitava dividir o que deveria ser só seu: a mulher, o seio, as noites, o sossego. A mãe, agora avó, repetia que o neto chorava de fome, "enfiem-lhe uma mamadeira com leite gordo pra ver se não cala". O novo pai achou por bem apoiá-la, só para não precisar dividir mais a mulher. Não que lhe tivesse todo esse amor e desejo, apenas não suportava ser o segundo, ter concorrência. A esposa cedeu, talvez tivessem razão, no fundo a perspectiva de resistir era aterradora, fosse pelo cansaço ou pela solidão. A avó se encarregou do preparo, ao qual adicionou umas gotinhas de beladona em segredo – exatamente como fez com os seus filhos, ensinamento da bisavó, repassado a gerações –, e aumentou o furo do bico. Se foi isso ou o leite, nunca soube, mas daquele dia em diante o menino calou-se, dormia bastante e não quis mais saber de peito.

Em tudo foi atrasado ou incapaz. Não falou, não andou. Aprendeu a sentar, mas não se comunicava, alheio ao mundo e a si. Era os olhos da mãe e o desprezo do pai. Demorou até o casal se acertar de novo. Apararam rente os ressentimentos, mas não puderam arrancar suas raízes, e era comum terem que revisitá-los a cada tanto para mantê-los assim.

A sogra às vezes tinha dó da nora. Pela criança nutria uma indiferença prática, ajudava no que podia, mas sem nenhum sentimento específico. Era como o boneco de alguém – muito diferente da menina, nascida quando o primogênito tinha oito pra nove anos, por um descuido que não mais se repetiria.

A segunda gravidez foi uma bomba. A esposa só chorava, temerosa de outro insucesso; o marido ficou transtornado, outra vez aquela coisa nojenta da mulher pingando leite pelos peitos. A sogra oscilava entre a curiosidade e o ceticismo, assistia a tudo desandar de vez. O menino... Ah, quem poderia saber? Cada mês atravessado era um flagelo diferente, vômitos, enjoos, cansaços, tudo muito agoniado, como nasceria uma criança pacífica desse desassossego todo?

O marido inventou de pintar a casa. Não podia fazer nada mais além de tumultuar a já conturbada rotina. "Pintar agora? Pra quê?". "Cansei desse azul desbotado, essas paredes sujas, tudo largado". A esposa sentiu a provocação. "Egoísta, mimado, desumano!". "Falou a dona do ventre podre, a que pare aberrações". Ultrapassara a linha. Até a mãe dele se indignou, de fato criara o ser descrito pela nora e, embora não lhe desse razão abertamente quase nunca – naquela hora se arrependeu de ter sido negligente com aquele filhote de bosta e de não ter lhe dado os corretivos merecidos desde a infância –, impôs-se como a autoridade que supunha ser. "Vai pintar nada. A casa é minha e estou bem viva. Aqui quem manda ainda sou eu". Os dois perplexos: uma aliviada, outro magoado, e a matriarca bem à vontade, no lugar de onde sempre relutou sair. Nesse dia, o falso silêncio que vivia nas entranhas da casa ocupou seu lugar na sala de estar definitivamente.

Nasceu a menina, forte e voluntariosa, uma explosão de vida como há muito não se via por ali. A mãe caiu numa depressão profunda, "como pudera ser tão injusta com os filhos assim?". Nada demovia esse pensamento absurdo e inconfesso. O pai era de uma perplexidade paralisante, a menina era perfeita e berrava ao mundo sem nenhum pudor suas exigências. A avó, cautelosa no início, logo rendeu-se à criatura temperamental que encheu a casa de vida outra vez, era só desvelo e amor. Apenas o menino continuou respirando igual.

O tumulto dos primeiros dias, quando o novo arranjo se impôs e a rotina ficou perdida no caos, deixou a casa cansada. Demorou para tudo se aprumar, e parecia que algumas coisas não mais encontrariam o eixo. Fazer o quê? Se, por um lado, há coisas que apodrecem antes de amadurecer – é piscar o olho e lá está: todo o potencial convertido em nada, a promessa de sabor perdida no irrealizado (e com o caçula aconteceu isso) –, por outro, o sem graça nunca chega a ser bom de fato, é, quando tanto, passável e para sempre insosso (com a nora era assim: uma vez aguada, a manga...). "Combinação desastrosa", à avó só ocorria essa constatação, e olhar para aquelas crias era a confirmação disso: o menino saíra ao extremo da mãe. A menina era o próprio avô com vagina.

O marido aumentava o volume do rádio para abafar os gritos da filha. Ignorava que tivesse filho. Olhava a mulher como a um móvel feio e obtuso. Ressentia-se da mãe, que lhe negara a boa memória do pai, um novo pai e a predileção.

A mulher entregava a filha à avó tão logo surgisse a primeira exigência. Acudia o filho adivinhando-lhe as necessidades, ou inventando-as, embora não raro tivesse vontade de misturar veneno às suas refeições, e por isso sucumbia à culpa visceral. Olhava o marido como a uma âncora demasiado grande para o barco. Ainda bem que o leme estava nas mãos firmes da sogra, que não podia negar que aquele homem abjeto era obra sua, atestado de sua maternidade falha, uma falência moral. Tinha pena da esposa do filho, acabada precocemente, anulada para vida própria. O menino era uma desnecessidade desmerecida, "um coitado". Mas a menina, ah... A menina restaurou o brilho daquela casa desbotada e sem graça – ao menos era assim que a avó via naquele momento.

Essa era a fauna da casa, de domesticidade duvidosa, mais as formigas e baratas eventuais, muitas traças e a colossal colônia de cupins, coabitando em fragílima harmonia.

A história da pintura da casa ficou abandonada por um tempo enorme. Ressurgiu após os danos causados por um longo período de chuvas intensas e foi a desculpa usada para tudo o que aconteceu depois.

Um dia, quando a menina já havia saído para a escola, com os cabelos presos pela avó, o pai, que também já havia saído e voltara por alguma razão obscura, foi direto ao quarto do menino, onde a mãe dele disse estar a esposa, pedir-lhe alguma coisa da qual ninguém se lembraria. Abriu de uma vez a porta e viu o filho deitado nu, enquanto a mãe lhe trocava a fralda e tocava o pênis em vigorosa ereção. Os pelos do corpo, a virilidade afrontosa. Ficou chocado, quase humilhado por aquela juventude sobrepujante. "Mas é um homem!". A mulher assustou-se, terminou rápido com a fralda, o rosto corado, de vergonha ou cólera, não importava. "Um coelho é que não haveria de ser". Passaram o resto do dia desconcertados, incomodados com a obviedade dita em voz alta. Não tinha volta. Não havia mais um menino.

Ah, sim, a pintura.

Dois dias. Três dias inteiros e o desconforto instalado entre eles. A menina nem ligava, a avó estava curiosa, o que teria acontecido? E o menino, quer dizer, o filho homem, respirando como sempre. Foi durante o jantar. "Tratei com o pedreiro pra ver essa trinca do corredor, o telhado, outras coisas, fazer uma merecida reforma antes de pintar". Esperaram. A menina perguntou se podia ter um quarto só para ela, porque a avó roncava. A mãe começou, "mas seu irmão…" "Ele nem entende nada, tanto faz". Pensou em repreendê-la, mas desistiu. Silêncio. Já deitados, o marido foi direto. "Tem que internar, não dá pra fazer obra com ele aqui, vai se agitar, gritar, a rua inteira vai ouvir, o povo vai falar". Silêncio. "Precisa resolver, é um homem". A mulher encolheu-se um pouco mais. Era um homem. Quantas vezes resolvera? Quantas vezes as paredes a testemunharam masturbando o filho para conseguir colocar a fralda direito? Era como limpar-lhe a bunda, ou dar-lhe banho e barbeá-lo, mas não era assim. Agora via isso, não conseguia mais fingir: não era normal, aquilo não era natural. Um misto de vergonha e horror não a deixou dormir bem. Não podia lidar com a transgressão moral. Levantou-se decidida a se omitir e assim o fez. No dia seguinte o filho foi internado numa clínica, "muito boa, a senhora pode visitar todo domingo", afirmou o enfermeiro solícito, porém pouco confiante, que veio buscá-lo pouco antes do almoço. No princípio a mulher ia todas as semanas, remoendo-se de culpa e pena. Aí foi espaçando, ia uma vez ao mês, depois a cada dois ou três meses, então quando lembrava, até não ir mais. Ela não sabia ser mãe de um homem. Não queria ser mãe daquele.

Enfim, a reforma da casa.

A trinca do corredor não deu tanto trabalho quanto o telhado, este precisou ser praticamente refeito, a madeira apodrecida e as várias telhas quebradas eram a origem de muitas infiltrações. Já que estavam mexendo, a mulher pediu para ampliar a cobertura da lavanderia, o que reduziu o quintal. Não vendo sentido naquele pedacinho de terra restante, o marido decidiu cimentá-lo todo. Fizeram o mesmo com o jardim na frente da casa – esta, aliás mudou bastante: abriram o alpendre todo, fizeram o degrau em todo o comprimento, colocaram uma grade vertical, alta, de fora a fora, mantiveram o modelo do portão abrindo em duas folhas, uma sempre fixada ao chão com um ferrolho e cadeado, e jardineiras de cimento na lateral e na frente. Depois a sogra colocaria mais vasos com plantas. A frente ficou mais aberta sem a mureta, mais limpa sem o quadrado ridículo de terra e a calçadinha no meio, parecia mais ampla assim. A grade, com barras próximas, garantia privacidade e segurança, mas limitava muitíssimo a visão da rua. Fazer o quê? Terminada a parte do pedreiro e do encanador, descobriram um vazamento na cozinha e trocaram a louça do banheiro, antes branca e encardida pelo longo uso, por uma marrom, "horrorosa", segundo a avó, "mais moderna", assegurou seu filho. Era a vez do pintor.

Depois de muita confabulação e discussão sem nenhum acordo, o homem da casa decidiu pelo amarelo-ocre, cujo galão estava em promoção. O dono da loja garantiu ser a última tendência. "Combina com o banheiro", foi o argumento final. "Uma aberração", resmungou a mãe. "A gente se acostuma", concluiu a esposa. Os caixilhos voltaram a ser brancos porque "a tinta estava com um preço ótimo". Pelo marido seriam azuis, "misericórdia!". Todas as janelas foram trocadas. Não tinham mais a veneziana de madeira, só o vidro ondulado, "pra dar privacidade", que corria nas esquadrias brancas, modelo padrão. A porta da frente foi lixada e envernizada na cor natural. Por dentro, o branco-hospital deu lugar a um tom palha clarinho. Ficou elegante, todos concordaram.

A menina enfim ganhou um quarto só para ela, em frente ao que dormia antes, onde ficava o irmão. Ganhou cama nova, guarda-roupa grande e cortinas salmão com fio dourado, "um luxo!", presentes da avó. Esta, que da cama de casal passara à de solteiro quando nasceu a neta, comprou para si uma cama de viúva, que era, de fato, um pouco mais larga, mas não o suficiente para dois, no muito para uma saudade, que às vezes ficava e decidia passar a noite. Colocou no quarto cortinas rosa, naquele tom queimado que a casa teve um dia. O do casal ganhou duas camas de solteiro e cortinas bege sem graça. De novo se esqueceram de ver os rangidos das tábuas do piso. A madeira estalava às vezes. Estavam acostumados. Já nem lembravam desde quando ou por que empenaram.

Talvez aí pudessem ter contido o alastramento desenfreado das pragas do submundo. Aqueles bichos estavam fora de controle, mas ninguém prestava atenção. Cada qual absorto em seus pensamentos, não ouviam, não viam, não sabiam; essa ignorância só podia ser deliberada, não era possível! E o tanto de gente que circulou por ali durante a reforma? Muita negligência, viu!

A casa ficara quase irreconhecível. Quem passava pela calçada, se não prestasse atenção, diria ser construção recente; principalmente com a nova numeração determinada pela prefeitura depois de um erro corrigido. Havia duas ou três residências com o mesmo número ao longo da rua e consertar isso mudou a ordem numérica quase toda. Ninguém entendeu bem como chegou a acontecer, ou pior, como assim permaneceu por tantos anos.

A menina tornou-se uma moça comum, mais para feia, com muitas espinhas no rosto e um gênio que em nada ajudava. Qualquer coisa era estopim. Explodia, vivia à flor da pele, com o desejo desesperado de sair daquela "cidade horrorosa, pequena, brega, de gente cafona e faladeira". Sua mãe, com enormíssima paciência, repetia o tempo todo, "são os hormônios". O pai, com paciência nenhuma, respondia "é falta de surra". E a avó pensava, mas nada dizia, "é o avô de saia, meu marido reencarnado". Isso a fascinava e preocupava na mesma medida. Insistiu com a nora para levar a neta ao médico tão logo percebeu sua vontade de namorar. Nem precisou de muito esforço: ao final de um ano a moça tinha a pele bem melhor e o gênio mais disfarçado. Bonita não chegou a ficar, mas só andava arrumada, maquiada, e largou a escola antes de terminar o detestado curso de magistério, tão logo arrumou um emprego.

Soubesse como seria, teria feito antes. A menina, na verdade uma mulher, arranjou-se como secretária de um médico novo na cidade.

Foi assim: estava pronta para mentir suas habilidades e competências, mas decepcionou-se quando a única pergunta foi sobre a disponibilidade de horário – precisava ser período integral. "Posso, sim". "Traz seus documentos até semana que vem, mas começa amanhã". "Tá". "O horário é das oito às onze, volta às treze e fica até às dezoito. Entendeu?". "Sim". "Normalmente quem faz isso é minha esposa, mas ela está no fim da gestação, então o emprego é seu. Até amanhã". "Até amanhã". Não entendeu se a esposa era a secretária ou quem a contratava, mas não importava. Só depois de já ter saído se deu conta de que não falaram do salário, mas a sensação era tão boa que não ligou, no dia seguinte saberia. Contou em casa, encostada na pia bebendo água, enquanto a mãe fazia algum doce. "Uma pena, já tinha pensado no vestido, eu nunca fui a uma formatura..." "Não seja ingênua com o patrão", gente vivida tem a visão larga, ou deveria. O pai só comentou que emprego de professora era mais garantido, mas ela que devia saber. E soube. O trabalho era fácil, pagava certo, e passado um tempo descobriu que o patrão beijava bem, mas ela não permitia que passasse disso, chamego suficiente para alguns presentinhos bobos e distração ocasional.

Do consultório médico ao emprego no banco foi só o tempo de fazer um curso noturno de datilografia. Em casa todos a acharam muito importante, fizeram até bolo no dia que assinaram sua carteira de trabalho.

Pouco depois, a avó teve um derrame. Ficou internada por uns dez ou doze dias e morreu sem sair da UTI. Nunca soubera ser hipertensa, mas o médico disse que devia ser há muito tempo. Mais do que triste foi um susto enorme, todos desprevenidos da morte, embora certa, da fulminância, da enfermidade. Pegos assim, despreparados, perderam-se na condução das coisas e cada qual descarrilou um pouquinho.

E foi o pai fazer exame, "essas coisas podem ser herdadas", explicou o médico. Herdara. Descobriu-se hipertenso, diabético, com comprometimento renal. Daí se explicava sua vista meio ruim e o inchaço nos pés. Não dimensionou a gravidade, ou negou-a, fato é que pouco mais de dois anos depois foi a sua vez de morrer. Estava no quintal cimentado, sentado num banquinho, com o rádio ligado enquanto descascava laranjas; era um fim de tarde quente, chegara havia pouco do escritório e fazia hora ali, esperando chegar mais perto do jantar para tomar banho. A esposa na cozinha e a filha, que já era moça feita, no banho demorado de lavar o cabelo. Então, um som abafado veio, parecia gemido alto ou um grito preso, e a mulher viu o marido tombando de um lado, o banco correndo para o outro, a cabeça batendo no muro e um fiozinho de sangue muito discreto escorrendo sobre o concreto. Por anos repetiria, "igual ao galo que o pai dele matou e ele só sabia de ouvir contar".

"Muito novo", lamentavam os companheiros de escritório, contemporâneos do homem e, portanto, um pouco pesarosos e assustados por si. "Olho azul de uma trisavó qualquer, fortuna de um bisavô, isso ninguém herda, mas doença e casa velha…" "Não fala assim, ao menos a casa e aquele pedaço de terra arrendado… O que vai ser agora?". Angustiava-se a viúva, e recomeçava a chorar, mais por essa incerteza do que por qualquer outra razão. Dessa vez o finamento nem chegou a ser surpresa, esperavam por ele há algum tempo (embora não se pudesse precisar com exatidão), já não iam tão desprevenidos na vida.

Ao contrário do imaginado, a tristeza da mulher não durou demais. Recebia a pensão do marido, e guardava o dinheiro dos doces que fazia por encomenda, quando tinha vontade. Foi um período de poucas exigências e longos vazios. Pouco falavam, pouco viviam e muito se perdia. Histórias e memórias só resistem quando compartilhadas, de resto, é nada. Se pensava no filho, sentia uma culpa avassaladora, remorso, vontade de trazê-lo pra casa, mas era raro e logo passava; não considerava ir vê-lo nunca, não tinha coragem. Olhando a filha adulta, pensava no homem que o primogênito era e não conseguia saber-se sua mãe; seu filho, o menino, perdeu-se em algum lugar do tempo. Não era.

A tristeza da filha era inexistente. Às vezes, sentia saudades da avó que lhe fizera as vontades na vida; mas pelo pai não sentia direito nada, só uma espécie de turvo na memória, pensamentos e sentidos. Uma enorme indefinição. Tinha a impressão de que pouco sabia dele, vasculhava as lembranças e não encontrava seu rastro.

A moça nunca levou ninguém em casa, nunca falou de ninguém, por isso a surpresa da mãe quando contou da gravidez um par de anos depois. Não soube como reagir. "Grávida, certeza?". "Tenho". Mãe e filha ficaram se olhando, uma sem saber o que falar e a outra sem saber o que fazer. "E o pai?". "Casado. Não vai separar, falou pra tirar..." "Não, é pecado!". "Mas...". E foi a única vez que a moça chorou de soluçar depois de adulta. "Dá-se um jeito, antes notícia de vida que de morte". E foi a única vez que a mãe a abraçou de verdade. Não voltaram a falar mais no pai, nome perdido para sempre.

Foi uma gestação bastante conturbada e a criança nasceu um pouco adiantada. Pequena e pacífica. Não mamou no peito, não havia leite. "Melhor, assim volto logo a trabalhar". Amava a filha – "será?!" –, mas odiava ser mãe. Dava longos suspiros de alívio quando ela dormia e podia esquecer que existia. Nem bem acabou o resguardo, voltou ao seu caixa no banco. Fingia não reparar nos olhares curiosos, ora acusadores, ora piedosos, e nas conversas sussurradas na copa. Não voltou a falar com o pai da menina desde o dia em que contou sobre a gravidez, e se esforçou de verdade para ser uma boa mãe, até o dia do acidente, um tanto depois do segundo aniversário da criança.

De segunda à sexta, a moça saía não muito cedo e voltava do meio pro fim da tarde; aos fins de semana sucumbia ao tédio e à aflição de sentir-se presa ali para sempre. A criança, acostumada ao dia a dia com a avó, olhava para a mãe com curiosidade e era só. "Como a vida chega a esse marasmo absurdo?". Era a pergunta que não conseguia evitar nem responder. Corroía-se. Soubessem desse íntimo, desconfiariam do acidente. Numa quarta-feira, ela saiu na hora do almoço e não voltou para o banco: atropelada por um ônibus em um bairro afastado. Não era seu habitual sair, não era seu caminho. O que fazia ali e outras tantas perguntas ficaram sem respostas.

Morreu na hora.

Morte sem véspera, sem prévia. Embora seja destino, quanto se demora no percurso é um dessaber. Chega precisa, nem adiantada, nem atrasada. Hoje.

Foi um velório de conversas baixas e maldosas e excessivos pelo-sinal. A mãe da falecida, chocada, a filha sem entender por que a mãe estava deitada com roupa de passear. Naquela família, os mais intensos fugiam primeiro. O restante sobrevivia aos dias iguais e às dores acrescidas.

A herdeira, não. A herdeira ainda não sabia dos dias, e sua dor, se existia, não resistia aos bocados de doce que a avó nunca negava, compassiva.

As coisas pouco mudaram: um quarto vazio, menos roupa para dar conta, a responsabilidade oficializada, a casa herdada de vez, "gasta só uma vez com cartório", orientação do irmão, o mesmo que há anos lhe apresentara o marido e que também correu atrás da pensão da menina. Assim foi.

OS SEGUINTES

A criança tinha a passividade dos contentes, nenhum sobressalto, nenhuma agonia e raras aflições. Estivesse viva, sua bisavó lhe diria "manga aguada" também, ou qualquer outra fruta insossa. Podia ser assim a verdade, como também podia ser que fosse um apaziguamento, um jeito de ser ameno, de quem não conhece cadeiras arremessadas aos gritos, galos arrebentados nos muros, tensas expectativas, enfim. Tantas histórias se enviesam para ficarem palatáveis... Tantas memórias se enfeitam ansiando permanência.

Já estava lendo bem quando voltaram ao velório, dessa vez vazio.

Só ela e a avó nas cadeiras forradas com courvin preto desgastado. "É seu tio, irmão da sua mãe", a avó explicou com o nariz vermelho. A menina achou engraçado que ele fosse careca e ficou enjoada com o cheiro forte de flor naquele calor. Depois disso, a avó ficou um pouco mais triste e até chorava às vezes; nesses dias ela inventava de pedir doce difícil só para distraí-la, funcionava quase sempre. Por muito tempo pensou que o tio morrera atropelado, como sua mãe, talvez por não conhecer outros jeitos de morrer. Então a avó começou a falar mais do avô, e da bisa, e até do pai do avô, que ela mesma não conhecera, e da história do galo – foi assim que a herdeira descobriu outros jeitos de morrer e soube que o tio morrera do mesmo jeito que o avô, "mas sem bater a cabeça no muro". Depois, toda vez que a avó contava a história da morte de um deles terminava dizendo que "para morrer, basta estar vivo", ou "a morte é a única certeza da vida", ou qualquer outro clichê que lhe ocorresse na hora. E a morte passou a ser uma coisa muito certa e concreta, mas que não a assustava.

A vida pacífica e igual nos dias foi ligeiramente bagunçada quando asfaltaram a rua. Máquinas pesadas transitando e compactando, jogando pedra e batendo, e o asfalto preto e quente sobre os paralelepípedos da rua, e o vaivém interminável, e o barulho, e o cheiro. Ruim, tudo ruim. Pensando bem, foi um serviço rápido, mas não pareceu assim. Depois, as rachaduras na casa, o cimento quebrado, o portão desalinhado, a pintura descascada.

Um dia vieram uns homens com jaleco fosforescente e nível topográfico. A herdeira achou curiosa a movimentação atípica na rua. Entrava na adolescência e o mundo ganhava contornos para além da casa e do quintal. Passou a tarde entretida com aquilo. A avó vinha espiar de tanto em vez, "fosse vivo, seu avô ia gostar de mudarem o calçamento da rua". Ela ainda não sabia se gostava ou não, mas achava que sim, por causa do avô. Ele era a figura mais presente naquela casa, tudo a avó falava dele. Segundo ela, ele fora justo, bom e bonito. Como não o conheceu, a neta ficava com a figura que a avó pintava, afinal, "tivemos um casamento feliz por tantos anos, pena que ele morreu cedo!", e ninguém tem saudade de coisa ruim, concluía. A avó também falava dos pais do avô, contava sempre a história de um galo, que ela sabia de ouvir contar, e de como a sogra a ajudou e era boa e muito bonita. Da filha dizia pouquíssimo e do filho nunca comentava. Talvez falar dos filhos a deixasse triste, mas era deles que a herdeira queria saber. Não tinha a quem perguntar e vivia com mais curiosidades e especulações do que respostas e histórias; preenchia as brechas com criatividade e imaginação. Sobre seu próprio pai só falaram uma vez, "não sei quem é, desculpe, sua mãe nunca contou". Desconhecido – assim figurava na certidão, assim o era de fato, e para este não havia nenhuma lacuna a ser preenchida. Ele só não existia.

Depois dos homens vieram as máquinas.

O barulho constante, os apitos de ré, os gritos, tudo extenuante. Por fim, aquele cheiro forte e o calor que pareciam entrar por qualquer fresta de porta ou janela. Não demorou, mas pareceu uma eternidade. Foi cansativo. O resultado final: uma rua preta, lisinha e brilhante. Era bonita de ver nos primeiros dias, muito diferente das pedras de antes, agora encobertas, adormecidas sob o asfalto novo.

Levou um tempo para se acostumarem à nova rua, tinham a impressão de que os carros passavam por ela mais rápido e em maior quantidade. Ficou mais movimentada, e às vezes era um pouco ruim de dormir. A herdeira considerou trocar de quarto, a avó enrolou, pediu para esperar um pouco, e três anos se passaram até a mudança, aliás, até a última grande reforma do imóvel.

A casa sofrera com o asfaltamento da rua, todo aquele peso e vibração, depois com o aumento de carros, até caminhão! Decerto na última reforma não foram muito caprichosos… O que fosse, sofreu. As trincas não eram danos estruturais, mas espalhadas pela fachada, deixavam a casa muito feia. Parecia abandonada. O portão desalinhou de um jeito que só passando corrente com cadeado para fechá-lo. Por dentro, também havia umas rachaduras, mas o fator decisivo para que não mais se postergasse a reforma foi o Grande Vazamento – assim o chamaram, com essa ênfase.

Ainda não era manhã quando acordaram com um ruído alto. O rumor de água era real. Será que chovia? Não. Esbarraram-se no corredor, sonolentas e desentendidas. O barulho de água vinha da cozinha, ou seria do banheiro? Era da caixa d'água quebrada. Uma cachoeira descia pela parede da cozinha e do banheiro simultaneamente. O chão começava a alagar, os canos da pia trepidavam, tudo era água e atordoamento. A avó usou o rodo para desviar a água do piso de madeira, mas um pouco sempre molha. A herdeira só olhava, entorpecida, sem saber o que fazer. Esgotadas a água da caixa e a avó, agora sentada numa cadeira, esgotada a capacidade de solução, enfim havia silêncio e calmaria. "500 litros são mais de dois mil copos d'água". A afirmação fez a avó comentar, sem especial emoção, que aquele era o tipo de observação da qual o avô riria. A herdeira gostou da aprovação terceirizada, sentiu-se a preferida do avô, ignorando o fato de que era a única e sequer se conheceram. "E agora?".

Foram até a casa do irmão da avó. Ele havia trabalhado com o avô e, embora não fossem de grande convívio, se frequentavam eventualmente, em uma ou outra ocasião solene. Ele era a única pessoa a quem podiam recorrer para solucionar o problema, o que de fato aconteceu.

"É, tia, a caixa d'água rachou, fez uma trinca enorme. Velha demais, precisa trocar. Nem se usa mais esse tipo de caixa!". O sobrinho solteiro foi atrás de resolver tudo. Morava com os pais, era um moço muito na dele, mas prestativo, trabalhava na prefeitura com alguma burocracia inútil, tinha um amigo engenheiro que podia ajudar e aquilo foi providencial. O tal amigo engenheiro propôs o negócio, que não devia ser bom financeiramente pra elas, mas era a solução ideal e foi logo aceita: ele faria uma reforma na casa. Era empreiteiro com boa equipe, tiraria as trincas, trocaria a caixa, arrumaria as avarias, pintaria e daria uma pequena soma de dinheiro em troca do terreno que tinham arrendado para usina. A avó achou pouco e concordou em ceder metade da área, mas só passava escritura com tudo terminado e acertado. Regateia aqui, chora ali, finge desistir, adula, e no fim assim ficou: o engenheiro com a convicção de que logo conseguiria o outro pedaço da terra e a avó com a certeza de que em breve o venderia.

Foram oito longos meses de reforma.

Começou bem, num ritmo que prometia terminar logo, mas aí... Bom, aconteceu o de sempre: chuva, falta de mão de obra, outra obra urgente, atraso na entrega do material e mais tantas desculpas e descompromissos. Foi preciso refazer o banheiro e parte da cozinha, trocar o encanamento velho e enferrujado. A avó aproveitou para voltar a louça branca do banheiro, trocou a pedra, a cuba e a torneira da pia da cozinha. Por dentro a casa voltou a ser branca também, branco perolado, disseram. O muro foi refeito com blocos de concreto, não mais as placas. Ficou um pouco mais alto e ganhou um chapisco sem cor. Foi meio estranho no início, mas logo se acostumaram. Era, então, um muro sem história, nem galo nem avô com as cabeças rachadas.

    A frente da casa foi a que mais mudou. O alpendre continuou sem mureta, aberto e com um único degrau, mas a grade alta saiu; em seu lugar, um muro baixo, o portão trabalhado de uma folha só. O engenheiro sugeriu aumentar a altura com uma grade de lança na ponta, "questão de segurança". A avó rechaçou, queria olhar a rua com a vista livre. A herdeira deu a ideia de trocarem a porta da frente, colocarem uma de vidro, com grade trabalhada igual ao portão de entrada. A avó adorou e assim foi feito. Usaram o mesmo padrão para as grades das duas janelas viradas para a rua e as duas voltadas para o quintal. Eram bonitas, mas ruins de limpar, como descobriram depois. Saiu o cimento de frente da casa e voltou o jardim de verdade, planta enfiada na terra do chão, só a passagem do portão ao alpendre ficou cimentada. A casa voltou a ser branca, com o gradil azul-marinho. Depois da reforma terminada, a avó plantou no jardim uma dama-da-noite, cravos e mini-rosas, tudo meio desordenado, colorido e perfumado. Era um tipo de caos vivo, certamente a parte mais viva da casa.

    Enfim a herdeira mudou-se para o quarto onde um dia dormiram seus bisavós. Só trocou o colchão usado da cama de viúva. Adorou o guarda-roupas grande, de madeira escura, e agora sua janela dava para o quintal. Seu quarto antigo recebeu de volta a velha máquina de costura, retalhos, papéis, caixas de documentos, pastas, álbuns de fotografia, rádios quebrados, a enciclopédia velha, quinquilharias cujo inventário levaria dias. A avó seguiu no quarto onde sempre dormiu com o avô e depois só. Doaram as camas sobressalentes e fecharam o tal quarto de guardados para minimizar o acúmulo de poeira. Parecia uma casa nova, mais clara, mais arejada. Quando se deram conta de que as tábuas empenadas não foram consertadas, a obra já havia acabado e não valia mais a pena mexer. Continuaram rangendo se pisadas em cheio, o que quase nunca acontecia, e isso não as incomodava. Talvez por isso também as tivessem esquecido.

Outra incompetência: no subsolo, os cupins ameaçavam a estrutura, corroendo vigas. Uma passagem maior para o quarto fechado de guardados inúteis foi o que salvou a casa do desabamento. Ali, escuro e úmido, não faltava o que comer, tanto papel, madeira, foto, exame, documento, roupa, tudo. Como passou batido? Como? É certo que não havia um olhar para esses cantos, era só "o caminho do rei e veja bem", mas isso foi demais. Um tanto do pouco caso herdado, das histórias que se perdiam por falta de quem as contasse. Quanto mais urgia o tempo, menos sabiam das coisas.

Da primeira vez que a avó confundiu o açúcar com sal e arruinou um tacho inteiro de goiabada, a herdeira achou que fosse cansaço, distração. Mas na quinta vez precisou admitir que não era isso. "Pode ser demência senil ou Alzheimer, ou…" O médico disse tanto "ou" que a moça se concentrou nas duas primeiras opções apenas, afinal, o resumo era "não tem muito jeito, a cabeça não ajuda, pode ser que melhore, mas não dá pra saber". Esclerosadinha, era assim que a avó estava e assim ficaria, concluiu. Intensificou a vigilância, assumiu responsabilidades e seguiu a vida.

Uns anos assim e nem se perturbava mais, até aquele dia.

Há semanas a avó arrumava a mesa para o café da tarde como se esperasse visita. Sentava-se e não tocava em nada, esperando a tal visita que, óbvio, nunca vinha. Depois de cansar de esperar, suspirava fundo e ia para o quarto, de onde só saía no outro dia. Sem falar nada, sem nenhuma explicação, sem sequer se dar conta da presença da neta, ela achava. Começou a arrumar a mesa e esperar cada dia mais cedo. Com o tempo já o fazia tão logo acordasse: mesa posta completa, café fresco, bolo, biscoito, leite coado na peneirinha, nata batida com sal, guardanapos de pano e xícara fina com pires combinadinho. Passou a comer de pé, na pia da cozinha, para não mexer na mesa pronta. "Quem a senhora está esperando?". A avó olhou-a perplexa com a tolice da pergunta. "A morte, claro". "Todos os dias?". "A morte não vem amanhã". Demorou a compreender. Sim, a morte só pode chegar hoje, mas em qual hoje não se sabe.

Chegou numa madrugada, silenciosa e determinada. Se como infarto, AVC ou qualquer outra coisa, a herdeira fez questão de esquecer. Pela terceira vez no velório, dessa vez sozinha, olhava a avó no caixão e só pensava se suas mãos também ficariam manchadas como as dela. O último irmão da avó estava acamado há anos, muito mais morto do que vivo, a mulher dele não saía mais de casa e o filho, o mesmo que as ajudara, raramente os deixava sozinhos, não achou que aquela fosse uma situação na qual sua presença se fazia necessária. De fato, não era. E o seria para quê? Um velório vazio e breve, um enterro quase indigente sob o sol inclemente do meio da tarde. No jazigo da família só sobrou o seu lugar. Ali estavam a bisavó, o avô, a mãe, o tio, a avó – toda a família à sua espera.

Voltou do cemitério caminhando. Chegou em casa com o escuro apontando, era longe. A dama-da-noite estava florida e o perfume enjoativo a deixou um pouco tonta, por isso entrou logo. Ao passar pelo quarto da avó, cerrou a porta e toda sua existência ali dentro. Deixou a mesa posta.

Outra orgia pronta para aqueles infelizes. Ninguém via a enormidade da colônia, sua voracidade. Mais formigas, mais traças, mais baratas. Aquilo era um espetáculo escatológico monumental, o produto de toda aquela gulodice impregnava tudo, que fastio!

A RESTANTE

Agora a herdeira também tinha os cabelos grisalhos, ralos e curtos. Não se casou, não concebeu filhos, não se deitou com ninguém. As mãos manchadas, a mesa posta, esperava sentada no sofá, com o rádio ligado numa AM que transmitia, além de música, as piadas e histórias do locutor, que dava recados de uns para outros, anúncios de mortes, nascimentos, convites para batizados e casamentos, notícias de gente que chegaria de longe e esperaria em determinada porteira a tal hora, de tudo um tanto, da vida toda.

Herdara a casa, o gosto pelo rádio, a mesa posta. Herdara a parcimônia da vida guardada para outra ocasião.

O tempo engoliu todo mundo. Cada um que morria levava histórias esquecidas, narrativas perdidas, cada vez menos coisas para compartilhar, para saber, para quem contar. Menos fotos, menos memórias, menos tempo, parecia. O que não se divide se perde. O que não se replica se extingue. Acaba, tudo acaba. O tempo devorou o que os cupins, formigas e traças não podiam devorar.

OS DERRADEIROS

As formigas insolentes já começaram o trabalho. Desde a última grande batalha com os cupins perdedores do quarto contíguo não as via tão empenhadas e organizadas. Em breve não restará mais nada, nenhuma foto, nenhuma certidão, nem carta, nada. Logo terão consumido tudo, cada rastro de gente e vida daqui. Já não há sinal de enciclopédia, nenhum tomo; os telegramas consumidos há anos; as certidões de casamento e óbito... Eu? A mim?! Terão essa desfaçatez? Sim, terão. É o imperativo da vida: para que continue é preciso um fim. Uma extinção.

Enfim a Inesperada, que nunca adia ou atrasa, chegou. Numa noite muito quente encontrou a herdeira sentada na cama, janela aberta para entrar alguma brisa fresca, camisola sem mangas, suor escorrendo nas costas. Agonizou muito, coitada... Uma dor na barriga e no braço, um aperto no peito, o ar faltando. Tentou se levantar várias vezes, gritou, cansou. Encharcada de suor, tremendo de frio e de medo, fechou os olhos e chorou. Não tinha a quem chamar. Calou.

O perfume da dama-da-noite e dos cravos de defunto não foi o bastante para disfarçar o fétido da carniça que tomou conta da casa nos dias seguintes. As varejeiras fizeram a festa, e quando se descobriu o corpo da herdeira, inchado e desfigurado, dias depois, os ovos já haviam eclodido e os vermes seguiam no banquete.

Os vizinhos chamaram os bombeiros e a polícia, foi um acontecimento na rua. Ao menos para isso servia que fossem fofoqueiros e tomassem conta da vida alheia. Nesse caso, da morte. Arrombaram a porta, retiraram a herdeira, dois dias para desinfetar e lacrar tudo. Porcos incompetentes, não viram as colônias de cupins e formigas? Não sabiam que era questão de dias até a grande guerra sair dos subterrâneos? Exagero? Por acaso desconhecem que formigas e cupins são estrategistas? Ignoram sua organização marcial e ataque bélico coordenado? Subestimam seu tamanho, mas se esquecem do poder da quantidade.

A herdeira não merecia morrer dessa maneira, mas se não viveu de outra forma, como seria o seu fim? Era tímida, solitária, crente das histórias enganosas da avó, amava – ou temia – as pessoas inventadas por ela. Sim, inventadas, afinal, quando o avô fora o homem justo, bom e bonito que ela pintava? Nunca. NUNCA. Nunquinha! E todas as coisas que calou sobre os filhos? E tudo o que não sabia, tampouco? É curioso como as coisas se perdem quando não são contadas e como podem ser desvirtuadas se faladas. Tem coisa que só vivendo...

Ninguém chegou a ser feliz aqui. Mas isso é uma arbitrariedade. Foram muitas outras coisas, isso não conta? Por que se mede uma existência pelo acúmulo de felicidade? Rasos, pequenos! Em algum momento chegaram a contentes... Vejamos.

Quando se mudaram, as expectativas desencontradas, os desejos em rumos diversos, trouxeram os primeiros cupins e pequenas traças consigo. O menino mais velho era inseguro, aprendeu a andar firme no meu chão, depois voou com a bicicleta pelas ruas e até ela sumiu! O outro nasceu mirrado, chorava pouco, mas era de uma determinação assustadora. O último, coitado, chegou um tanto depois com tudo bagunçado, o pai tresloucado, a mãe acuada, os irmãos tentando sobreviver sem chamar atenção, principalmente depois da história do galo.

Não sou de violências desnecessárias, mas aquele galo bem que mereceu. O dia inteiro atrás das galinhas, as coitadas não podiam nem ciscar em paz que ele estava em cima, atrapalhou muito o controle dos cupins. Foi por essa época que precisei fazer vista grossa e deixar as formigas entrarem, precisava de aliados para dar conta da colônia crescente. Galo insolente, metido como poucos, o peito estufado, cheio de marra. Não respeitava nada, achava de cantar quando lhe dava na telha, só porque podia. Bem feito, achou o seu! Depois do rompante de fúria que deu fim ao galo passei a respeitar mais o homem e tive até certa pena das crianças. Da mulher, não. Quando a cadeira voou na parede, um tempo antes, ela devia ter colocado chumbinho na comida do marido. Não o fez, pois que aturasse.

O mais velho camuflou seu medo e a insegurança fazendo mirabolantes planos de fuga. O do meio não engoliu nunca o pavor, e o menor bem ali selou sua existência à sombra, na invisibilidade. No salve-se-quem-puder que compreendia a vida nenhum se salvou de fato, mas todos viveram com essa ilusão. Não foram capazes de encarar o destino, cada um se eximiu a seu modo, covardes. Mas afinal, como aprenderiam a coragem? Pensando bem agora, nunca tiveram chance.

Se sobre o assoalho o desaparecimento do pai foi um evento tenso por anos, sob ele a tensão não era menor. Houve pelo menos duas rebeliões das formigas, o que permitiu o aumento dos cupins rapidamente. Depois do massacre das desertoras rebeldes, uma carnificina horrorosa, a rainha mostrou sua força e ordenou as demais, bem a tempo da grande investida dos cupins. Essa foi uma guerra épica! Todos os dias centenas de mortos, postura de ovos, larvas sendo alimentadas cuidadosamente, futuros reforços, sabiam. Lutavam, comiam, cagavam, e aquele pó marrom só aumentava. E a mulher achava que era da madeira. Burra! Burra, sim. Madeira esfarela do nada? Eu, hein!

O dia da chuva de granizo, logo depois da morte do homem, foi um marco na vida de todos. Enfim uma reforminha bem-vinda, uma cor com mais personalidade – o rosa que a mulher tanto queria ficou um luxo, admito –, enfim algum brilho na existência! Depois, todas as reformas que sucederam – exceto aquele ocre horroroso, o mau gosto nunca se sentiu tão representado – foram me dando a ilusão de que a situação do submundo era contornável. Ilusão, só isso. Bem feito pra mim! Ingenuidade? Tolice? Agora esse amargo nas entranhas esburacadas, um esqueleto frágil prestes a desabar, e a certeza de que outra guerra está para começar.

Já não há qualquer sinal identificável dos antigos moradores. Até os rádios são só carcaças, ocos, infestados de ninhos. Ouvi dizer que quando as formigas acabam de comer os vestígios de uma existência, não sobra sequer a memória. Apaga-se tudo, finda-se tudo. É só nada.

Na sala uma rainha alada.
Nenhum retrato.
Nenhuma escritura.
Nenhuma certidão.
Nenhum rádio.

A MORTE

Foi um incêndio fenomenal. Tudo apontava para um raio, porém havia muita desconfiança. Logo surgiram histórias que aumentariam e se encheriam de detalhes quanto mais fossem replicadas, cada vez mais distantes do fato incidental, cada vez mais fantasiosas, mais assombrosas, mais interessantes.

O raio caiu no poste padrão, deu um estouro e logo a fiação entrou em curto. Casa velha, descuidada, cheia de gambiarras e instalações malfeitas, era inevitável que o fogo se alastrasse rápido. Madeira velha, lixo, até os gases da decomposição de tantos bichos, tudo era combustível e as chamas se fartaram, correram por tudo, cresceram ligeiras. A noite avermelhou-se, ardeu, tudo ardeu. As labaredas altas ameaçavam outras casas, os fios. Foi um Deus-nos-acuda: gente com mangueira e baldes d'água, bombeiros, fotos, vídeos, gritaria, "corre, menino", "socorro", "minhanossasinhora".

Saímos da hibernação forçada e espiamos pelas brechas, sob pisadas e correria.

Foi uma noite agitada, enfim alguma movimentação interessante. No fim, a apoteose!

Pela manhã, não havia mais fogo, só escombros, fumaça e cinzas. A parede da fachada resistindo capenga, sem cor, sem apoio. Sem casa. Todos exterminados: cupins, formigas, traças e baratas. Todas as existências anuladas, invalidadas, sem lembranças, sem herdeiros. Sem nada. Talvez uma esperança fosse o despertar das pedras asfaltadas, porém elas de nada sabiam, dormiram soterradas enquanto a vida passava. Não podiam nada contar e tampouco sobrou alguém para escutar. Tudo acabou e não houve absolutamente nada.

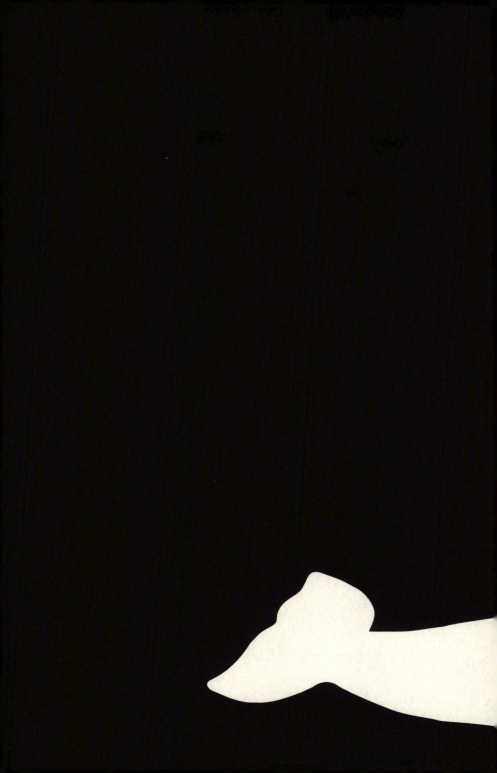

CARA LEITORA, CARO LEITOR

A Cachalote é o selo de literatura brasileira do grupo Aboio.
    Lemos, selecionamos e editamos com muito cuidado e carinho cada um dos livros do nosso catálogo, buscando respeitar e favorecer o trabalho dos autores, de um lado, e entregar a vocês, leitores, uma experiência literária instigante.
    Nada disso, portanto, faria sentido sem a confiança que os leitores depositam no nosso trabalho. E é por isso que convidamos vocês a fazerem cada vez mais parte do nosso oceano!
    Todas as apoiadoras e apoiadores das pré-vendas da Cachalote:

> — têm o nome impresso nos agradecimentos dos livros;
> — recebem 10% de desconto para a próxima compra de qualquer título do grupo Aboio.

    Conheçam nossos livros pelo site aboio.com.br e sigam nossos perfis nas redes sociais. Teremos prazer em dividir com vocês todos nossos projetos e novidades e, é claro, ouvir suas impressões para sempre aprendermos como melhorar!
    Embarque e nade com a gente.
    Cada livro é um mergulho que precisa emergir.

APOIADORAS E APOIADORES

Agradecemos às 173 pessoas que confiaram e confiam no trabalho feito pela equipe da **Cachalote**.
Sem vocês, este livro não seria o mesmo.
A todos os que escolheram mergulhar com a gente em busca de vozes diversas da literatura brasileira contemporânea, nosso abraço. E um convite: continuem acompanhando a **Cachalote** e conheçam nosso catálogo!

Adriane Figueira Batista
Adriano Gomides Santos
Alexander Hochiminh
amanda santo
Ana Carolina Marchesini de Camargo
Ana Maiolini
André Balbo
André Pimenta Mota
Andreas Chamorro
Anna Martino
Anthony Almeida
Antonio Arruda
Antonio Pokrywiecki
Arman Neto
Arthur Lungov
Beatriz de Matos Jorge
Bianca Monteiro Garcia
Bruno Coelho
Caco Ishak
Caio Balaio
Caio Girão
Calebe Guerra
Camilla Loreta
Camilo Gomide
Carla Guerson
Cássio Goné
Cecília Garcia
Cintia Brasileiro
Cintia Zoya Nunes
Cláudia Debroi de Campos
Claudine Delgado
Cleber da Silva Luz
Cristhiano Aguiar
Cristina Machado
Daniel A. Dourado
Daniel Dago
Daniel Giotti
Daniel Guinezi
Daniel Leite

Daniel Longhi
Daniela Rosolen
Danilo Brandao
Denise Lucena Cavalcante
Dheyne de Souza
Diogo Mizael
Dora Lutz
Eduardo Rosal
Eduardo Valmobida
Enzo Vignone
Evandra Silva
Fábio Franco
Febraro de Oliveira
Fellipe Fernandes
Flávia Braz
Flavia Ferreira da Silveira
Flávio Ilha
Francesca Cricelli
Francisco José Ferreira
    da Silveira
Frederico da C. V. de Souza
Gabo dos livros
Gabriel Cruz Lima
Gabriel Stroka Ceballos
Gabriela Machado Scafuri
Gabriela Sobral
Gabriella Martins
Gael Rodrigues
Giselle Bohn
Guadalupe Del Pino
Guilherme Belopede
Guilherme Boldrin
Guilherme da Silva Braga
Gustavo Bechtold

Hanny Saraiva
Henrique Emanuel
Henrique Lederman
    Barreto
Isabela Oliveira da Silveira
Isaías Gabriel Franco
Isamara Tavares Boregas
Ivana Fontes
Jadson Rocha
Jailton Moreira
Jefferson Dias
Jessica Ziegler de Andrade
Jheferson Neves
João Luís Nogueira
João Nunes da Silveira
Jorge Verlindo
Joyce Maiara de Almeida
    Lima
Júlia Gamarano
Júlia Vita
Juliana Costa Cunha
Juliana Slatiner
Júlio César
    Bernardes Santos
Kêmilla Facury
    Pereira Guimarães
Laís Araruna de Aquino
Lara Galvão
Lara Haje
Laura Redfern Navarro
Leitor Albino
Leonam Lucas Nogueira
Leonardo Pinto Silva
Leonardo Zeine

Lili Buarque
Lolita Beretta
Lorenzo Cavalcante
Lucas Ferreira
Lucas Lazzaretti
Lucas Verzola
Luciano Cavalcante Filho
Luciano Dutra
Luis Cosme Pinto
Luis Felipe Abreu
Luísa Machado
Luiza Leite Ferreira
Luiza Lorenzetti
Mabel
Maíra Thomé Marques
Manoela Machado Scafuri
Marcela Roldão
Marcelo Conde
Marco Bardelli
Marcos Vinícius Almeida
Marcos Vitor
    Prado de Góes
Maria de Lourdes
Maria Fernanda Vasconcelos
de Almeida
Maria Inez Porto Queiroz
Maria Luíza Chacon
Mariana Donner
Mariana Figueiredo Pereira
Marina Barros Castellani
Marina Lourenço
Marla Donatoni Alves
Mateus Borges
Mateus Magalhães

Mateus Torres
    Penedo Naves
Matheus Picanço Nunes
Mauro Paz
Mikael Rizzon
Milena Martins Moura
Mirella Hipólito
Natalia Timerman
Natália Zuccala
Natan Schäfer
Otto Leopoldo Winck
Patrícia Antunes dos Reis
Paula Bosco
Paula Luersen
Paula Maria
Paulo Scott
Pedro Torreão
Pietro A. G. Portugal
Rafael Atuati
Rafael Mussolini Silvestre
Raphael Argôlo
Ricardo Kaate Lima
Ricardo Pecego
Rita de Podestá
Rita Helena Sousa
    Ferreira Gomes
Rodrigo Barreto
    de Menezes
Samba Miquelete
Samara Belchior da Silva
Sergio Mello
Sérgio Porto
Silvana Rodrigues
    de Souza Queiroz

Thais Fernanda de Lorena
Thassio Gonçalves Ferreira
Thayná Facó
Tiago Moralles
Tiago Velasco
Valdir Marte
Vanessa Luizetti Teixeira
Weslley Silva Ferreira
Wibsson Ribeiro
Yvonne Miller

EDIÇÃO Camilo Gomide
CAPA Luísa Machado
REVISÃO André Balbo
PROJETO GRÁFICO Leopoldo Cavalcante

PUBLISHER Leopoldo Cavalcante
EDITOR-CHEFE André Balbo
ASSISTÊNCIA EDITORIAL Gabriel Cruz Lima
DIREÇÃO DE ARTE Luísa Machado
COMERCIAL Marcela Roldão
COMUNICAÇÃO Luiza Lorenzetti e Marcela Monteiro

ABOIO EDITORA LTDA
São Paulo — SP
(11) 91580-3133
www.aboio.com.br
instagram.com/aboioeditora/
facebook.com/aboioeditora/

© da edição Cachalote, 2025
© do texto Raphaela Miquelete, 2025

Todos os direitos reservados. Nenhuma parte desta obra pode ser reproduzida, arquivada ou transmitida de nenhuma forma ou por nenhum meio sem a permissão expressa e por escrito da Aboio.

Grafia atualizada segundo o Acordo Ortográfico da Língua Portuguesa de 1990, que entrou em vigor no Brasil em 2009.

Dados Internacionais de Catalogação na Publicação (CIP)
Bruna Heller — Bibliotecária — CRB10/2348

M669m
    Miquelete, Raphaela.
      A morte não vem amanhã / Raphaela Miquelete.–
    São Paulo, SP: Cachalote, 2025.
    80 p., [16 p.] ; 14 × 21 cm.

    ISBN 978-65-83003-51-5

    1. Literatura brasileira. 2. Romance. 3. Ficção
    contemporânea. I. Título.

                                    CDU 869.0(81)-31

Índice para catálogo sistemático:
1. Literatura em português 869.0.
2. Brasil (81).
3. Gênero literário: romance -31

Esta primeira edição foi composta em Martina Plantijn e Adobe Caslon Pro sobre papel Pólen Bold 70 g/m² e impressa em maio de 2025 pelas Gráficas Loyola (SP).

A marca FSC® é a garantia de que a madeira utilizada na fabricação do papel deste livro provém de florestas que foram gerenciadas de maneira ambientalmente correta, socialmente justa e economicamente viável, além de outras fontes de origem controlada.